Маленькая девочка из «Метрополя»
Людмила Петрушевская

但求安身

〔俄罗斯〕柳德米拉·彼得鲁舍夫斯卡娅 著

段丽君 译

著作权合同登记号　图字 01-2020-4567

© Ludmilla Petrushevskaya, 2006, 2017
Originally published in Russia as «Маленькая девочка из "Метрополя"»
The simplified Chinese translation rights arranged through Rightol Media（本书中文简体版权经由锐拓传媒取得 Email：copyright@rightol.com）and Banke, Goumen & Smirnova Literary Agency（www.bgs-agency.com）

图书在版编目(CIP)数据

但求安身 /（俄罗斯）柳德米拉·彼得鲁舍夫斯卡娅著；段丽君译. —北京：人民文学出版社，2021(2024.6 重印)
（中经典精选）
ISBN 978-7-02-016332-8

Ⅰ. ①但… Ⅱ. ①柳… ②段… Ⅲ. ①自传体小说-俄罗斯-现代 Ⅳ. ①I512.45

中国版本图书馆 CIP 数据核字(2021)第 053378 号

总 策 划	黄育海
责任编辑	卜艳冰　周　展
封面设计	汪佳诗
出版发行	人民文学出版社
社　　址	北京市朝内大街 166 号
邮政编码	100705
印　　制	凸版艺彩(东莞)印刷有限公司
经　　销	全国新华书店等
开　　本	889 毫米×1194 毫米　1/32
印　　张	4.375
字　　数	72 千字
版　　次	2021 年 6 月北京第 1 版
印　　次	2024 年 6 月第 2 次印刷
书　　号	978-7-02-016332-8
定　　价	49.00 元

如有印装质量问题,请与本社图书销售中心调换。电话：010 - 65233595

中经典
精选

Novella

目录

人物表 001

开　场 001

韦格尔一家 004

雅科夫列夫一家 014

战争伊始 031

家庭环境 036

古比雪夫市 038

古比雪夫市·求生术 045

获　救 050

杜洛夫马戏团 054

猎　食 056

玩具娃娃 060

胜　利 063

军官俱乐部 064

上流话 070

大剧院 073

跳下楼梯 076

文学卧谈 080

我的音乐会·绿外套　084

肖　像　088

小水兵的故事　089

另一种生活　094

大都会饭店　098

莲娜奇卡·韦格尔　102

阿　妈　106

夏令营　110

契诃夫大街·科利亚外公　115

但求安身　120

保育院　124

我想活　130

人物表

伊利亚·谢尔盖耶维奇·韦格尔
　　曾外祖父，阿公，一位老布尔什维克
瓦连京娜·伊里伊奇娜·雅科夫列娃
　　瓦利娅外婆，阿公的女儿
弗拉基米尔·伊里伊奇·韦格尔
　　外婆的哥哥，莫斯科某区党支部领导人，外号"伏尔加汉子"
热尼亚·韦格尔
　　阿公最喜欢的儿子，外婆的弟弟，乌克兰和敖德萨州高级领导
莲娜奇卡·韦格尔
　　阿公的小女儿，外婆的妹妹，一位大领导的秘书
谢辽莎·韦格尔
　　阿公的小儿子，战争时期的飞行员

尼古拉·费奥凡诺维奇·雅科夫列夫
　　科利亚外公，语言学教授
亚历山德拉·康斯坦丁诺夫娜·雅科夫列娃
　　外公的母亲，昵称"舒拉"
费奥凡·瓦西里耶维奇·雅科夫列夫
　　外公的父亲
瓦连京·亚历山大洛维奇·雅科夫列夫
　　外公的堂兄弟，莫斯科沙龙画派的画家
玛利亚·雅科夫列娃
　　外公的妹妹，戏剧协会系统内的演员和教师
谢尔盖·谢尔盖耶维奇·雅科夫列夫
　　玛利亚·雅科夫列娃的儿子

维拉·尼古拉耶夫娜
　　姨妈，昵称"瓦瓦"
瓦连京娜·尼古拉耶夫娜
　　母亲，小名"柳利娅"
斯特凡·安东诺维奇
　　父亲

弗拉基米尔·马雅可夫斯基
　　瓦利娅外婆的追求者，著名诗人
大卫·布尔柳克
　　瓦利娅外婆和马雅可夫斯基的共同好友，著名画家
罗曼·雅各布森
　　科利亚外公的学术伙伴，著名语言学家
叶夫格尼·希林戈
　　科利亚外公的密友，诗人、民族学家、东方学家
维利米尔·赫列勃尼科夫
　　希林戈的艺术伙伴，著名诗人
索朗日·科尔帕切夫斯卡娅
　　热尼亚·韦格尔的妻子，钢琴家
谢辽沙·苏金
　　莲娜奇卡·韦格尔的丈夫，玛利亚·雅科夫列娃的情人
阿妈
　　姓名不详，谢辽沙·苏金的养母

开　场

当我思索人与人之间的亲缘关系时，脑海里浮现的并非一棵枝丫槎枒伸展的家族亲缘之树。

亲缘像一片森林，延伸到深远之处——人们手牵着手，结成一串树链。不知为什么我脑海中人与人的亲缘就是这样。我们的先祖前辈，耸立在茫茫的岁月深处，他们是枝叶婆娑的巨树，每一位先辈都伸展枝丫，一面牵着自己的父母，另一面同时又牵着自己的儿女。每一位男子既是父亲又是儿子，同时又是世上独一无二的造物。每一位女子，既是自己母亲的孩子又是自己孩子的母亲，同时她也是独立的、绝无仅有的唯一。每一个个体都同时具有三重身份：子女、父母和自己。

身处中心的这一位坚强有力，支持着两边——身前和背后的人们。一代又一代，这个中心不断迁移。一个人慢慢衰老，他的力量传递给下一辈。他的智慧、学识随他而去，无法传承，品性却能够流传给后代：身陷困境时所显现出的坚忍不拔，甚至野兽般绝不退让的坚忍；强大的精神力量；饮食务求俭朴、沐浴务必冷水的执着信念；节日必须狂饮暴食以示庆贺；不向权势妥协；当自己和亲人陷于不利时固守立场；善感多情，雅爱诗歌与音乐，不拘小节；对荣誉狂热，而守时绝非易事；思想纯粹、热衷帮助所有人但同时憎厌邻居；喜好安宁，日常生活中又粗声大嗓；擅长不名一文过日子，买礼物却豪爽大方；居家放纵不羁，出门在外严格要求家人光鲜得体；对小娃娃满腔柔情、爱无止境，尤其当他们甜甜地熟睡，神态美妙万方的时候。

我的曾外祖母阿霞三十七岁时死于败血症，抛下了六个孩子。她丈夫，我曾外祖父伊利亚·谢尔盖耶维奇，一个医生，拔脚就往河边跑去。他把妻子的死看作自己的过错。五个孩子跟在父亲身后跑，在河边追上他，挂在他身上拦住了他。大女儿维拉手上抱着最小的女儿。安葬了阿霞妈妈，八岁的女儿小瓦利娅影子似的跟着父亲亦步亦趋，嘴里自言自语地念叨着："我一辈子都踩着你的脚印儿跟着你。"他们一家人几乎全都成了地下工作者。曾外祖父是一位布尔什维克，一位替被压迫者争取权利的斗士。他是隶属工厂管辖的厂医，可是村镇上的穷苦病人川流不息地来找他治病。他基本上从不取诊疗费，只拿薪水。他的职责只是为公职人员服务，实际上他给所有受穷受苦的人看病。自然，他因此很快给解了职。他后来找到的工作多数是在一些流行病区，比如霍乱和鼠疫病区——那些地方什么医生都要，哪怕是被流放的。

从刚会说话时起，我就叫他阿公。

韦格尔一家

我出生在大都会饭店,这儿又叫"第二苏维埃宫",一些老布尔什维克住在这里①,其中就有我的阿公伊利亚·谢尔盖耶维奇·韦格尔,一八九八年起他就是俄国社会民主工党成员了。我外婆,阿公的女儿瓦连京娜·伊里伊奇娜·雅科夫列娃,和她的丈夫尼古拉·费奥凡诺维奇·雅科夫列夫离婚之后,带着两个女儿维拉·尼古拉耶夫娜和瓦连京娜·尼古拉耶夫娜也住在这里。外婆从一九一二年起就是一名党员。瓦利娅和她的两个女儿瓦瓦与柳利娅都像是童话里才有的令人惊奇不止的美人儿。马雅可夫斯基年轻时追求过瓦利娅外婆,可她倾心于大学生科利亚·雅科夫列夫。他俩的女儿瓦瓦长大后成了装甲坦克学院最最漂亮的女孩儿,有着白雪般洁白无瑕的笑

---

① 大都会饭店建于1899—1905年,坐落在莫斯科剧院街2号,是现代风格时代的建筑典范,现为莫斯科市中心五星级饭店。1918年,苏维埃政府迁至莫斯科,大都会饭店成为新政府的官邸,20世纪20年代被称作"第二苏维埃宫"("第一苏维埃宫"是民族饭店)。1919年之前,列宁和托洛茨基常来此地参加全俄中央执委会会议,二楼是全俄中央执委会主席雅科夫·斯维尔德洛夫的接待处。曾有不少布尔什维克高官在此住过。

容，两条长辫子，一双蓝眼睛。我妈妈十四岁就是个身材高挑的小姑娘，出门回家一直有男伴护送，特别是士兵们。她没有心机，对"请问芳名""家住何处"这类问题从来都是实话实说，可她从没说过自己几岁，这让她母亲和姐姐既难过又伤脑筋。我妈妈在家里年纪最小，家里人都叫她柳利娅。尽管她学习用功，从中学到大学的文学系，读的书可以堆积成山，却总被当成缺乏经验的小娃娃。她桌上的书摞得像金字塔一样高（光是白银时代的文选就有三大卷）。她沉迷于严肃的文学研究，竟把通常的阅读看作对文学的亵渎。柳利娅在谈及她外公（我的阿公）第三任妻子的侄女儿时——这位侄女儿在饥荒年代常来大都会饭店的阿公家借书——曾几次说："嗯，当然，屠格涅夫的女主人公正捧着一本长篇小说坐在池塘边的长椅上。"实际上，侄女儿常留下吃晚饭。

对于年轻的柳利娅，文学才是研究的对象！她心底里悄悄喜欢早期高尔基。

可结果是，柳利娅，这个天真幼稚又一本正经、纯洁无瑕而毫无过错的姑娘，在她自己的生日，一九三七年八月二十三日那天，在银松林的别墅里怀了孕。

我童年时候就亲耳听见她对我们那位扫院子女工格拉妮娅说的话。当时我们站在大门边，格拉妮娅拖着怀了八个月的身子，抱怨过去好长时间没能有喜。妈妈大笑着，指着我说："我头一次就……"

那年夏天她们住在银松林别墅。

那是国家配给外婆的哥哥弗拉基米尔·伊里伊奇·韦格尔的宅邸。他是一位老布尔什维克，莫斯科红色普列斯尼亚区的党支部领导人，著名的一九〇五年红色普列斯尼亚街垒起义的组织者之一。他在党内的代号叫"伏尔加汉子"。

（我现在上班的地方就在地铁的"街垒站"和"一九〇五年大街站"之间。人们不知道，其实这都是我舅公弗拉基米尔的事业，所有这些名字、这些桥上和街垒上费力挖出的石块、这些包括《鹅卵石——无产者的武器》等等的未来主义雕塑，都是他亲手参与的事业。至今，莫斯科形形色色的车辆依然辘辘行驶在"起义广场站"和"街垒站"之间那条为保存历史痕迹而刻意留下的鹅卵石街道上。）

曾几何时，十五岁的少年马雅可夫斯基由"伏尔加汉子"吸收入党，之后他被投入布蒂尔卡监狱，结果又退了党。

马雅可夫斯基常去"伏尔加汉子"家，他在这里认识了他的两个妹妹，立刻爱上了可爱的瓦利娅。

我们家流传着一个传说：马雅可夫斯基和布尔柳克两人就是从这里穿着女式短衫出门上街的，马雅可夫斯基穿的是件黄色短衫，布尔柳克穿的是件浅紫色短衫。妈妈有几次对我说，两个男生的短衫是向两姐妹借的——可是女孩子们小巧玲珑，马雅可夫斯基人高马大，我对此颇为怀疑。也许，一群年轻人是闹着玩儿试穿的？不过，那时候高等讲习班的女学生穿的短衫外套很夸张，打着许多褶子，这倒是真的。

我妈妈也有几次提起，三十年代她和她妈妈坐有轨电车，在车上偶然遇见马雅可夫斯基。外婆对马雅可夫斯基说："这是我女儿。"诗人看起来有点精疲力竭，满面倦容。那是他生命的最末一年。

※ ※ ※

一九三七年，"伏尔加汉子"参加了科学工作者合作社，借此在喀山大道四十二公里处给自己建造了一座郊外住宅，于是把国家配给的银松林别墅让给妹妹瓦利娅和她的两个女儿度夏用。

这可恶一年的春天，发生了几件可怕的事。五月份，外婆的弟弟热尼亚·韦格尔被捕受审，他是乌克兰和敖德萨州的高级领导。他的妹妹莲娜奇卡·韦格尔被处决（她在一位中央领导手下长年负责秘书处工作）。外婆妹妹阿霞的丈夫被逮捕处决,阿霞自己在差不多一年之后也被带走,羁押了许多年。那时候,判决书把处决称为"剥夺十年通信权"。

其他人只得坐等不速之客上门。这是一种煎熬。

每天晚上外婆都仿佛听见声响,感觉汽车停在远处,院门被打开,踩在碎石路上的脚步声清清楚楚……

那些年都是趁夜里抓捕人犯,查封住宅,此后再也没谁见过这些被带走的人。

每天夜里都有人从院门那儿朝别墅走来。碎石路上沙沙作响,但从没有人走进这座别墅。还得等待。无法入睡。她又怕出门探看。

她去精神病科看医生。医生对她说:"留在我们这里住院吧,在这里您就安全了。"她于是留下了。这大概救了她——她因此没被逮捕。

我外婆是个相当有远见的聪明人。她明白,谁都可能会被带走,有医学证明的精神病人却不会。热尼亚·韦格尔的年轻妻子索朗日·科尔帕切夫斯卡娅是位钢琴家,一位风姿绰约的美人儿。她有一半法国血统,在丈夫被捕之后也被抓了。夜间审讯害得她失去理智,疯了之后才给放出来。阿公去看她的时候,她不住地号啕,年纪轻轻却满头白发,坐在床上,又黑又瘦,时不时地大喊大叫。阿公身为医生,却没在她床头停留，转过身，一言不发地离去了。我弄不懂个中缘由。也许，他那时候的内心深处也很想狂喊，不过他克制住了自己。而她，一个疯子，才可以放任地号哭大喊。热尼亚是他的希望、他的骄傲（他从革命时代就跟大儿子沃洛佳不交一言），莲娜奇卡是他最心爱的小女儿。估计没什么人能够承受住这样的哭喊。

儿媳索朗日后来的命运非常凄惨——她的妈妈把她和年幼的儿子一起带回乌克兰。战争爆发了。德国人来了。索朗日和她母亲、儿子跟犹太人聚居区的犹太人一起被活活埋葬了。

不过，这是后来的事。

一九三七年夏天，索朗日还能坐在那里，却得不到莲娜奇卡和热尼亚的音信（这就是所谓的"剥夺通信权"）。热尼亚和莲娜奇卡分别在一九三七年五月二十三日、二十四日被捕，莲娜奇卡九月三日被处决，热尼亚是十一月二十一日。

后来我听说，那些坚持时间越长，越不愿认罪、不在文件上签名的人，受的罪越多，被处决得越晚。

我未来的家人在这个可怕的夏天隐居在银松林。有时候人们只不过是偶然离开家出去，就恰好错过了上面专门派来找他们的人。

我妈妈多次讲起，斯特凡·安东诺维奇（我未来的父亲，和她一样，也是文史哲学院①的大学生，只不过不是文学系而是哲学系的）那个夏天常来银松林的别墅找她……她记不确切那是什么时候的事，他们在哪里碰的面。从各种情况来看，大概是傍晚，在户外，而不是屋子里。

后来我知道，我父亲是尼古拉耶夫省上罗加奇基镇的，他那个大家族里有很多人得过结核病（这是别人讲给我听的）。他像罗蒙诺索夫那样，赤手空拳来到莫斯科，一无所有，是个病人，以农村贫困生身份，凭借突出才能考取了工农速成中学②，后来又考取了文史哲学院。他身无立锥之地，也没有去看病。很可能，他害怕被收进医院住院，因为那就得浪费一年时光。他就这么挨着日子，总是咳嗽不停。他高高的个子，一头鬈发，很讨人喜欢。我妈妈是个热心的文学系女学生，又好看又矜持，一本正经，不谙世事，只会读书。此外，这小可爱一家人住在莫斯科最好的房子里，住在大都会饭店。她母亲之前曾在克里姆林宫工作，后来在科学委员会任职。她姐姐在装甲坦克学院读书。所以，我未来的父亲，

---

① 全称为"哲学、文学和历史学院"，是综合大学形式的文科高校，莫斯科和列宁格勒各有一所，办学时间分别是莫斯科（1931—1941）和列宁格勒（1931—1937）。

② 工农速成中学是20世纪二三十年代苏联教育体系中的机构，旨在培养未接受完全中等学校教育的青年工人和农民，为他们接受高等教育做准备。

显然很害怕她们。

因此，夜复一夜，斯特凡都要躲开心爱女孩的母亲和姐姐，仿佛一个夜贼，下了最末一趟无轨电车，偷偷摸摸走到篱笆门前，沿着院里的鹅卵石路悄悄走近她的窗口，喊她出来约会。现在我这么想，事情就不奇怪了。这就是当年夜夜响起却从没敲响屋门的脚步声！

就精神上来说，外婆是完全没有什么病的。

这是我现在对那些事情的猜想。

无论如何，脚步声真有其事，但银松林的亲人们没有被抓走。

总之，我出生在一九三八年五月二十六日，差不多是妈妈生日之后的九个月。

我没有像被捕人家的小孩那样被关在屋子里，我在外婆身边伴着俄罗斯文学的不朽篇章长大。不过这是后话了。

※　※　※

上文讲的那些事情之后差不多两年，我的亲人们回到了大都会饭店的家，发现她们的房门被封了。外婆走在最前面，动手开门，没打开。她转身离去，永远抛弃了这间住宅，一个字也没说……

瓦瓦跟在后面，这时走到门边，发现门把手上缠着金属丝，金属丝上挂着一块铅封。

假如她们早先回了家，那她们也许已经给带走了。但她们像往常一样，又来迟了。我们一家人永远迟到，代代相传。

她们那座房子——大都会饭店——里，已经有许多人消失了。

瓦瓦和女邻居隔墙道了别，女邻居姓什么她现在记不太清楚了，好像是卡雷金娜。她是个什么州的领导，常来自己在莫斯科大都会饭店的房间，身边总是带着几个男助手。

那一次，瓦瓦走进了女邻居家，看见了女邻居和两个陪她一起的人：一位穿制服的走在前面，另一位穿便装，跟在她后面。

瓦瓦高高兴兴地跟她打招呼。卡雷金娜转过身，一声不吭。

瓦瓦对母亲说：

"安娜·斯杰潘诺夫娜由两个人陪着走过去了。"

我外婆连头也没点。

※ ※ ※

没有衣服、杂物、书籍，家具、被褥和餐具也都丢了，更不用说那些画儿。她们投奔住在大都会饭店隔壁单元的阿公，在他那里住了下来。

我记住了我们之前在大都会的那套住宅——两个毗邻的房间，一扇门在正中间，门上方挂着一幅画：祖母绿色的背景上画着一幅侧面肖像，脖子弯着，顶着一头明艳的火红头发，像戴着一顶风帽。

雅科夫列夫一家

妈妈后来证实说，门的左上方挂着的是我曾外祖母的肖像。现在我知道，她叫亚历山德拉·康斯坦丁诺夫娜·雅科夫列娃，娘家姓安德烈耶维奇－安德烈耶夫斯卡娅，是顿河军州布尔加林庄园的女地主。据家人之间流传的说法，她在庄园里挂着一份镶框的文件，证明她的曾祖安德烈耶维奇，在波兰服务于国王西吉斯蒙德二世奥古斯都时，曾获得贵族身份，好像落款的日期是十六世纪。家里传说，查波罗什的哥萨克安德烈耶维奇兄弟，是西吉斯蒙德二世奥古斯都手下的掌马官。两兄弟中的一位制服了那匹驮着国王飞驰的奔马，之后他获赐了一个相当于俄国贵族的波兰小贵族称号。他的后代，也就是雅科夫·马克西莫维奇·安德烈耶维奇，是一位著名的十二月党人，秘密协会的会员。雅科夫在服苦役时表现出对绘画的爱好，有一幅尼·亚·别斯图热夫[①]在彼得罗夫斯克工厂为他画的肖像留存了下来（后来莫斯科私人收藏博物馆存有一件复制

[①] 尼·亚·别斯图热夫(1791—1855)，第八海军舰队上尉、十二月党人、海军历史学家、作家、评论家、发明家、艺术家。

品）。画上，雅科夫的手里握着几支画笔。他先被关在赤塔木堡监狱①，后来被关在彼得罗夫斯克工厂，末了被送到上乌金斯克（现在叫乌兰乌德）度过最后的几年，那时候他已经得了严重的精神疾病。雅科夫·安德烈耶维奇于三十九岁时离世，被关了十四年。

弟弟戈尔杰伊·安德烈耶维奇被怀疑参加秘密协会，也被捕，关在彼得罗巴甫洛夫斯克要塞②，但后来被释放了。

※ ※ ※

我们家门上方挂着的那幅亚历山德拉·康斯坦丁诺夫娜肖像出自瓦连京·亚历山大洛维奇·雅科夫列夫的手笔。他是莫斯科沙龙画派③的画家，是我外公科利亚的堂兄弟。

瓦连京在一九一九年英年早逝。现在，他的一些画作收藏在沃罗涅日和鄂木斯克的几个博物馆里。前不久，厄吕西翁画廊举办了一场展览，其中展出了瓦连京保存下来的不多的几幅

---

① 位于西伯利亚。
② 位于彼得堡，即曾经的列宁格勒，现在的圣彼得堡。
③ 由莫斯科绘画雕塑与建筑学院的几位毕业生共同创建的美术协会（1910—1921），致力于组织艺术活动和当代作品展览。其创办的第一场活动是1910年10月1日的纪念弗鲁别利晚会。

作品。我们保留的只有一幅《阿穆尔和普叙赫》,是一幅纸板油画。我就在这幅画下长大。如果不算几架藏书的话,这是科利亚外公在我们家留下的唯一一件东西。他当了教授,收集了许多珍本:普希金的作品、《圣经》、一些稀有的瑰宝……这些全都不见了。

我外婆很年轻就嫁给了我外公。外公也年轻,他大学毕业时已经有两个女儿了。

我外婆的婆母——舒拉曾外婆——那时住在洛普欣胡同的奥斯托仁卡庄园,庄园是一座带花园的别墅。她儿子科利亚带着年轻的妻子瓦利娅回到自己家里,那里,照老爷家规矩,女仆通常睡在箱子上的干草铺上。瓦利娅外婆是个年轻的布尔什维克,因为不适应当地习俗,万般不自在,好几天根本不出自己的房门,只待在自己的那一块地方。她初来乍到,首先接触到的是个小哥萨克,在黑洞洞的过道里,幽灵似的从箱子上一跃而下,飞一般扑倒在她脚边——后来她终于弄明白,他是一名男仆,照规矩是要来替她脱靴子的。

舒拉曾外婆是个女地主,夜复一夜地跟客人们玩牌,没客人时就跟女仆玩。她跟丈夫费奥凡·瓦西里耶维奇各过各的,他以前曾经自己开一个耳鼻喉科小诊所,后来把诊所交给苏维埃政权,他就当主治医生,跟自己的女医护助理住在诊所里。

雅科夫列夫夫妻的儿子——我外公科利亚——此时正在沃尔洪卡大街十六号的第一中学读书，弗·费·卢戈夫斯科伊①是那里的学监和文学老师，我外公最喜欢他。后来外公考取了莫斯科大学。根据家族传说，他自己开私家车，拉小提琴。他妹妹玛利亚出落得很漂亮，是个大美人儿，打算当演员。弟弟巴维尔成了一名军官（国内战争中他和白卫军一起去了土耳其，晚年在巴黎当了一名出租车司机，玛利亚在巴黎的时候曾探望过他）。

还是根据家族传说，革命前，我外公去德国出差参加学术活动，给妻子带回了一只由几个俄国人转送的手提箱。他甚至连箱子里装了些什么都没问。箱子里其实装了上百万党的经费。这才是事实！跟什么打了铅封的密封火车厢没有关系。②

---

① 不知彼得鲁舍夫斯卡娅有意还是无意，在这里把父子两人的名和父称混杂在一起了。苏联著名诗人弗拉基米尔·亚历山大洛维奇·卢戈夫斯科伊（1901—1957）于1918年从莫斯科第一中学毕业，考取莫斯科大学。他父亲亚历山大·费奥多洛维奇·卢戈夫斯科伊（1874—1925）十月革命前曾是莫斯科第一男子中学的文学教师兼高年级学监。

② 此处有关十月革命前后的革命经费来源谜案。从20世纪初到本书出版的年代，对于革命党经费来源何处，仍有多种传言，一直没有可信的研究结果。其中一种说法是，十月革命得到了德国政府资金支持，1917年4月，列宁等流亡欧洲的革命者获允乘坐上了铅封的密封车厢，穿越德国，返回彼得格勒，趁机带回了经费。尽管列宁对经由德国回国一事撰有专文加以说明，托洛茨基也曾多次否认德国资金支持一说，但该传言从未偃息。

雅科夫列夫家的两个小姑娘维拉和瓦连京娜,就是在那座奥斯托仁卡庄园里出生的。她们学会了从屋里直接翻窗户爬进花园。

这对年轻夫妇在搬入塔甘卡人民大街上那栋高层住宅的时候,妈妈先领着两个小不点儿进了空荡荡的屋子里,自己再站到楼下等着搬运家具的工人上楼。因为是夏天,窗户都大开着。

姐姐瓦瓦那时三岁,她跑到楼下,一个劲儿地拽着妈妈的裙角。可妈妈离不开楼梯,她得招呼工人,把什么东西往哪儿搬。但瓦瓦不肯罢休,拉着裙子狂喊大叫。瓦利娅妈妈只好投降,跟着她走了。她看见了什么?小毛头柳利娅站在窗台上,正要像在旧房子里习惯的那样,从窗户爬到外面去(而新房位于五楼)。

瓦瓦救了柳利娅(和我)的小命。

外公的老友,诗人兼民族学家、东方学家、达吉斯坦研究家叶夫格尼·希林戈那一时期的日记能够保留下来真是一个奇迹。作为诗人,他在著名杂志《马科维茨冈》[①]上发表诗作,

---

[①] 该杂志是同名的俄罗斯画家及诗人小组(1922—1927)的同人刊物,共出版两期,其中刊有宗教哲学家弗洛连斯基及该小组同人的文章。刊名及小组名取自谢尔吉耶夫镇圣三一修道院(该修道院被认为是俄罗斯文化的源头,是俄罗斯宗教文化圣地)所在的马科维茨山冈。希林戈是该小组的成员。

他的诗和维利米尔·赫列勃尼科夫①的一起收在诗集中。

他是一位虔诚笃意的信徒,著有几部幻景剧,他将其中的一部敬献给了巴维尔·弗洛连斯基②。他跟弗洛连斯基通信,后来在他被捕之前,还多次去谢尔吉耶夫镇探望弗洛连斯基。希林戈于一九三二年作为苏联各民族博物馆的藏品收集者被捕,引发了"博物馆工作人员案"。但不知怎么,案件又沉寂下来,相关部门转而启动了更令人印象深刻的"工业党案"的侦破工作。叶夫格尼·希林戈被释放了。

他这一年里就写了一次日记,在十一月份,以致友人书的形式。据他的措辞来看,致的这位远方友人,可能是一位守护天使。他从未提起过他的姓名,但对他有点像对一位密友,不见外,或者说,"很亲密"。

这份日记作于一九一七年十一月二十六日,正是雅科夫列夫夫妇带着一双小女儿搬到人民大街之后。叶夫格尼·希林戈于十一月拜访了科利亚和瓦利娅。记录如下:

> 参加了一个小型日祷。高级牧师唐波夫的基里尔主持。

---

① 维利米尔·赫列勃尼科夫(1885—1922),俄罗斯白银时代诗人、小说家,俄罗斯先锋艺术杰出人物,俄罗斯未来派奠基者之一和诗歌语言的重要改革者。
② 巴维尔·亚历山大洛维奇·弗洛连斯基(1882—1937),俄罗斯东正教神父、神学家、宗教哲学家、学者、诗人。

日间，正午光线昏暗。在家略事躺卧……或早或晚终须踏上远途，不知是早是晚，来到某某夫妇家，在他们那里流连了整个傍晚。接待周到，互致问候，切了一块馅饼，还排演了安托尼达《为沙皇献身》①中的咏叹调——《凶恶的鹰隼突然来袭》——的开头作为消遣……派我扮演那个被袭的对象，他们自己扮演鹰隼。拜倡议者的淳朴和他们的音乐天赋所赐，大家演得不错。之后一切演进如仪：所有物什被收拾开去，一位女仆来回奔走，灯火燃起，映照着那位放声歌唱的女士。小姑娘们凝神静听母亲的歌声。显而易见，歌唱者是一位语文学者——曲调和歌词好像都是原本。夜已深，该上床睡觉了，一个小姑娘央求："妈妈，讲一个大地孩子们的故事吧！"显而易见，这是一个"文学"童话，或者更准确地说，是"最新"的童话。时尚女士的大衣纽扣颇具艺术感（我仅对于该情形而言）地闪闪烁烁，透出一股现代气息。多么惬意：一盏灯、一位女子、两个小女孩……完完全全正当童年。我感觉到，一串温柔润泽的珠光垂落眼前：应当结束了。一只粉红乳白的柳莺不知正在何处欢唱；几点秋波在心中闪动。如能以温和沉静的

---

① 《为沙皇献身》又名《伊凡·苏萨宁》，是米哈伊尔·伊凡诺维奇·格林卡的著名歌剧。剧中讲述1613年波兰军队进犯莫斯科，农民伊凡·苏萨宁故意将波兰人带入歧途而被波兰人杀害的故事。

目光环视这一切，但不要凝神审视，不要侧耳细听，那么一切将会多么令人惬意。大地的孩子们，多可怕！这些现代主义的细枝末节碎屑微尘！多么短促拥挤。无法存在、进入和停留。画好的布景是一间有着一张桌子、几把椅子和一盏灯的房间。她们可真令人费解呀，这两个小姑娘。她们将会长出脑门儿，而且，可能会是美杜莎的脑门儿。她们的眼眸深处藏着些什么秘密？也许，是类似那令人愉悦的母亲子宫模样的某种"共同幸福"的想象。要是能给这个世界一点点"心灵的热度"该多么好，不然最近一段时期它可是已被折磨得精疲力竭。我此刻不能走进房间、走向人群——总感觉，人们嘴里吐出的都是支离的碎片。所有人都说，请您做点事吧，他们说，你此时在做什么？你在上课？它花费很多精力？没有时间？或者：那你去过这儿那儿吗？跟谁一起？我的朋友，你是否知道，为什么胜者是那些吃了两次的人①？原谅我说的胡话，"远方的那一个"并不存在。何况，曾几何时有过这样的场景：夜间，上演了我

---

① 如下文所述，日记作者希林戈在这里玩了一个文字游戏。他借助两个词发音和拼写的近似，用"吃"造成对"赢"的联想。由此，希林戈隐晦地引用了中世纪东方哲学家法拉比所说的那句已被当成拉丁语谚语的话："谁在占据上风之后，仍能战胜自己，谁就赢了两次。""我"据此猜想，希林戈在日记中并未完全说出他当时的感受。所以，在下文中，"我"用希林戈的双关语继续着文字游戏，一边揣测希林戈在当时当地难以言表的苦闷心情。

们的共同朋友霍夫曼的《魔鬼的长生汤》①。是的,往家走的路上,我几次在心里亲吻着使徒保罗②的平底凉鞋。

他写道:"她们可真令人费解呀,这两个小姑娘。"他那时二十五岁。我外婆,那位"放声歌唱的女士",二十三岁。

叶夫格尼在这个家庭中感到不自在。他的朋友加入了布尔什维克党,参加了和士官生的街头战斗……

"吃了两次的"人。而且还自然而然地冒出了"胜了的"这么一个词。一个文字游戏。胜利。吃饭。悲惨。③

我仿佛看见了一部电影的片段。

---

① 恩斯特·霍夫曼(1776—1822),德国浪漫主义作家、童话作家、作曲家、画家、律师。《魔鬼的长生汤》(又译《魔鬼的万灵药》,俄译名《撒旦的长生汤》《魔鬼的长生汤》《魔鬼的种种长生汤》等)是霍夫曼的长篇恐怖小说,1815年问世,描述了一个充满暴力和凶杀的混乱世界。
② 使徒保罗被称为"外邦人的使徒"。他与使徒彼得一起被称为"至高无上的使徒"。他不是通过行为,而是通过信仰和恩典的力量来传讲救赎的教义。保罗写的十四封书信是《圣经·新约》的重要组成部分,也是基督教神学的主要著作之一。保罗在这些信件中补充了福音教义,解释了耶稣基督的教义,确认了圣体圣事的必要性,并否认犹太基督教。使徒保罗的书信在基督教敬拜中被广泛使用。
③ 见21页注①,"我"在此处顺着希林戈的双关语,做起了一种曾经流行的儿童文字游戏。"我"的玩法是把"胜利"这个俄文单词逐次去掉首字母,依次变成发音接近的几个词,串联起来就是:在"胜利"餐厅,"餐"后发生了"悲惨的事","美食"掉地……

我姨妈和我妈妈，一个三岁，一个一岁半，小不点儿瓦瓦和小毛头柳利娅，站在桌边灯下，睁大眼睛，仰着自己凸出的小脑门儿，看着一位帅气的叔叔……

日记中的这个片段是一位出色画家卡佳·格里高利耶娃-希林戈，一字一句地读给我抄写下来的。

一次，我们做客时相邻而坐，人家给我们彼此做了介绍。我对她说，我童年时候有个朋友，米沙叔叔，就姓希林戈。她突然回应我说，这大概是她的叔叔！后来我们弄清楚了，我们和她就住在同一个单元里！因为她父亲叶夫格尼和我外公是朋友，二十年代我外公离家后，希林戈邀请他住在他们家里！后来，我妈妈离开古比雪夫市回到莫斯科，也在那里住过。

语言学家雅科夫列夫和民族学家希林戈一起漫游达吉斯坦，进行考察活动。我外公穿军大衣，佩手枪；叶夫格尼什么也不带，除了一本笔记簿（两个人一样，都是轻狂脱俗的空想活动家）。

三十七号住宅属于叶夫格尼的三个兄弟——康斯坦丁、尼古拉（两人都英年早逝）和米沙。尼古拉娶了纳图拉·列夫尔玛茨卡娅，著名语文学家亚·亚·列夫尔玛茨基（也是科利亚外公的好友）的妹妹。

二十年代，叶夫格尼在小德米特洛夫卡街二十九号的住宅"被压缩了"，也就是说决定要搬进来一些外人。叶夫格尼邀请我离了婚的外公带着他的新家庭搬来住，他自己搬去楼上母亲那里。于是，在希林戈兄弟宅中一个从前充作藏书室的最小房间里，我和妈妈就在那儿过上了后来的日子。

我童年时最喜欢的朋友正是米沙·希林戈叔叔——我们的邻居叶夫格尼的弟弟，内务部医院的放射科医生。他年轻时曾梦想当一个演员。他嘴里"嗒——啦——啦"地打着节奏，在我和妈妈面前兴致盎然地表演他那著名的手杖和圆顶礼帽舞——简直是个不折不扣的查理·卓别林。我去他那里简直就像去天堂——他一尘不染的房间里挂着厚窗帘，摆着落地钟，桌子铺着桌布，灯上有古色古香的灯伞，屏风后面是一只大理石台面的床头柜，还有一张士兵式单人床，整理得有条不紊，一丝不乱。空荡荡的衣橱里挂着一套军装。米沙叔叔有时候会穿一套暖和的士兵内衣，而不是普通睡衣，在屋子里走来走去，非常雅致。

我梦想自己长大了也有一张铺着台布的宽大桌子、落地钟和灯伞。我也要用刀叉和餐巾吃饭，就像米沙叔叔一样（不是用勺子直接从小锅里舀，也不是用手直接从报纸上抓，不用袖子也不用手背擦嘴）。

我平生的第二篇短篇小说写的就是米沙叔叔，但从来也没发表。他娶了儿童剧院的舞台布景工瓦利雅阿姨。她个子不高，人很和善好客，宽肩窄胯，小腿肚发达，脸型像马克·别尔涅斯①。之前，她以隐身人的身份在他家来去多年。秘密的帘幕遮隐了她，米沙叔叔的房门在那些夜晚是锁住的。有时，我夜里出来上洗手间，打开那里的灯，一只神秘的光裸胳膊会慌张而又坚决地从卫生间门后突然伸出来，把灯关上。后来，米沙叔叔向大家宣告了他的新妻子！瓦利雅阿姨和米沙叔叔对彼此十分满意，他们快快乐乐，像孪生子一般形影相随，烟抽个不停。再后来，米沙叔叔双腿截肢，妻子常把他抱到院里的长椅上散心……

我的剧本《三个穿蓝衣的姑娘》中有一个人物姓希林戈，那是为了向他表示敬意。他是楼里唯一对我和妈妈和善的人。

我再回过来讲述雅科夫列夫一家的生活，我想补充一点，就是科利亚外公会用自己的办法哄两个女儿睡觉：他坐在她俩的小床中间，给她们唱古老的哥萨克歌曲（"小河在细沙中潺潺，侵蚀着两边的河岸"）。他是顿河哥萨克。我也按照家传，

---

① 马克·别尔涅斯（1911—1969），俄罗斯音乐经典歌手。著名歌唱家和演员，苏联最重要最受欢迎的演员之一，1943年举办首场独唱音乐会。五六十年代录制了许多脍炙人口的歌曲，1958年因"音乐粗俗"受到批判。

唱过这支歌给孩子们听。

革命后，饥荒和贫穷来袭，他的妈妈，也就是曾外婆舒拉，跑回她在顿河的庄园搞些吃的和用的（按照家族传说是去取珠宝），路上被土匪枪杀了。据说，人家给她设了圈套，问她对打仗的双方怎么看。她分辨不清，慌了神就说了实话。就在当场，在路边，把她给埋了。当时还有人在她旁边，安葬了她，把这故事转述给我们听。

外公雅科夫列夫教授的学生费·阿什宁和弗·阿尔帕托夫两位教授，写了一篇文章谈她的儿子，片段如下：

雅科夫列夫身为贵族，毕业于莫斯科大学，是罗曼·雅各布森踏上学术之路的莫斯科语言学小组的创设人，一九一七年投身革命。之后重返学术，为此只能交出党证。二十年代他一人三任：结构音位学创建者之一（雅各布森后来多次说，雅科夫列夫先于他和尼古拉·特鲁别茨科伊两人提出了这些思想和术语理论）；车臣、印古什、卡巴尔达等等语言的杰出研究者；语言建设的领袖人物。一九二八年，他为了科学设计新字母表而创设了构建字母表的数学公式。他开始将高加索的一些语言转译为拉丁语字母，因为西里尔字母被认为是殖民者的语言。他创设了近七十张字母表。

我还得补充一点：当时的领导人废止了高加索几种书面文字的拉丁语化。推行语言拉丁语化是为了促进世界革命。不过，世界革命暂时搁置了。先得在自己家里处理一些人。

文章中谈到了马尔院士。我童年时在家里这个名字听到得非常之频繁。外公毕其一生都在跟马尔做斗争。正如文章中写的，雅科夫列夫坚持"不让马尔派的外行参与构建字母表"，坚持在"马尔非学术的'新语言学'霸权环境中"做此努力。

但文章接下来又写道："雅科夫列夫在一系列情形下向马尔的学说做了让步。"

简言之，当领袖发表了自己反对马尔的那篇照例是划时代的小册子之后，我的科利亚外公，这位孤独且不懈地与马尔斗争的斗士，"多次尝试就几点问题和领袖争论。"——这是几位研究者的原话。

大家都支持马尔的时候，外公跟他战斗。可当领袖站出来反对马尔时，雅科夫列夫却"对几点问题"持有反对意见。

历史上也曾有过这样一位人物，乔尔丹诺·布鲁诺。他为真理斗争，坚持自己的原则。

我了不起的外公在精神病院住了多年，直到我瓦瓦姨妈把他从那里接了出来。

一九五三年过后,美国著名教授罗曼·雅各布森曾有一次回到莫斯科。他尝试跟自己的老友会面,被婉言拒绝。没有把外公带去见他,对两个人都好。

我再说回雅科夫列夫夫妇的年轻时代:我从前完全不知道,外公曾是一位党员,后来又退了党。家里从未谈起此事。

但我现在很清楚,他是在谁的影响之下入的党。

有一张照片保留了下来,照片上是一个夏日,草地上,宛如田园诗画一般,阿公和我未来的外公科利亚站着,稍前是我未来的外婆瓦利娅,她一边是姐姐维拉,另一边是少女莲娜奇卡和稍大一点儿的热尼亚。

两个大女孩的发间插着几枝玫瑰,手里拿着长手杖——显然,这是一趟郊外漫步。

阿公英气勃勃。以前我听说,他不喜欢他的女儿们出嫁。可这会儿事情显然正朝这个方向发展,因为,科利亚看起来一副不幸的模样,年轻的瓦利娅一脸顽皮的微笑。

这张照片,看来是一九一二年拍的。

真不想知道他们的未来啊……

※　※　※

奇怪的是，我记起了被开枪打死的舒拉曾外祖母的肖像侧影，这张肖像消失在了相关部门的某个仓库里（确切地说，它没有从分配者手中流入博物馆，而是去了某位"自家人"的墙上）。肖像画不见了，可是我的生活由它开始了，或者说，我的记忆开始了。一个人就是他自己的记忆。

比如，我现在还记得我沿着沙发学步这件事。我两只手扶着沙发座，不太熟练地刨着双腿。这是在别墅的凉台上，洒满了傍晚斜阳的余晖。我眯着眼睛，满心喜悦。我很晚才学会走路，要到一岁的时候，在漫长的肺炎之后。我感觉惬意自在：我会走路了！我很高兴，妈妈也很高兴。幸福是和温暖、斜阳、绿意以及妈妈相连的。一九三九年。

※　※　※

我还记得大都会饭店里的这个场景——我正站在一个巨大无比的房间里，我面前是一扇门，通向另一个房间，门大敞着，墙上挂着舒拉曾外婆的肖像，天鹅般的颈项，暗红色的头发，我面前是一只小盆。有人正朝我大喊，要我别踩到盆里，当心!(可能,他们刚刚把我抱在这个小盆的上方?)

※ ※ ※

……我扑通一声从柜子上掉下来。拥挤黑暗的房间里堆满了东西。我摔破了头。好多人都关切地过来看我。他们的身影。我们已经在家了。这不是我们在大都会饭店的两个房间。我们在别人家。我们的家被封了。我们"四处漂泊"——这个词就是我的童年生活。

我左眉梢的太阳穴有一块伤疤。

战争伊始

沉积在我记忆深处的一连串事件的开端，是一九四一年，战争爆发。妈妈深夜带我下到地铁"斯维尔德洛夫站"的防空设施里。我很开心，头顶上有点像过节时放礼花：探照灯雪白的光柱在黑洞洞的天空中错杂交会（实际上是为了寻找飞机），织成了一块帐幕。

我不想往地下去，一直歪着头看（我现在还记得我扭着脖子的样子），高兴地要妈妈站一会儿，但不得不离去，往地下走。我们在地铁车站过夜，隧道里已经布好了防护墙。妈妈随身带着一个包，包里装着垫子，从不离身。我们在几块硬木板上铺好垫子，可以看见隧道黑乎乎的穹顶。这是一场奇遇！

一九四一年十月，我和阿公、妈妈柳利娅、外婆瓦利娅，还有瓦瓦姨妈一起，乘一列货运列车疏散到古比雪夫市（现在那儿叫作萨马拉）。

照我瓦瓦姨妈的话来说（她现在，二〇〇五年，已经九十一岁），那时所有人，尤其老人和孩子，都被坚决地从莫斯科疏散出去。姨妈坐车来到火车站，那里早准备好了一列专用列车。她走上站台,四处看了一看。挂在一起的平车上停放着几台崭新的有轨电车。这些平车之后是一节脏乎乎的货车车厢,厢门大开。车厢地板上厚厚一层粉末,大概是白垩粉。瓦瓦姨妈明白,那些崭新的有轨电车是不会让我们这些出身"人民公敌"家庭的人坐的,于是她动手收拾车厢,把粉末扒在一起。第二天,她和妈妈一起带着几块饰面板步行来到这里。她们花了好几个小时收拾粉末。全都收拾停当之后,她俩把阿公、我和瓦利娅外婆加上行李——里面主要装的是几床被子——弄进了车厢。寒气逼人,已是十月底,一九四一年的酷寒已经开始。我们一家铺上一床被褥,把其他被子裹在身上,就这样在车厢里一连坐了几个日夜。后来,临到火车开动之前,脑筋灵活的专车车长带着他妻子和六岁的小儿子住进了我们收拾得干干净净的车厢。他明白,看似漂亮讲究的有轨电车里会冷得刺骨钻心,能冻死人,所以选择了一个暖和地方(尽管它也像冰窟一般)。

但是跟这位颇为精明能干的车长在一起让我们很走运——刚到第一站,他就拖来一只生铁炉子,模样像个带烟囱的矮油桶。他发现沿路有一堆堆免费煤块,看样子是供应燃气机车的,就搞来了这个小炉子。一到站,大人们就跳到雪地里,弄煤块,烧炉子,我们就不那么冷了。再说炉子上靠着烟筒还有两个烧热水的茶壶。

这样舒适安宁的感觉——从四壁空空,一无所有,到突然划着了一根火柴,点亮了一盏灯,一杯热水端上来,一小块面包拿过来,一块躺卧的垫子铺展开,还有一件可以遮盖的大衣——当我不得不在一个新地方安顿时,总会冒出来。哪怕只有一小圈亮光,一点点暖意,给小娃娃们喂上一口吃的,盖上件衣服,生活就可以开始,幸福就会降临!我从未被环境吓倒。当孩子们依偎身旁,你总找得到安身的角落,自己的屋子。这是生活亘古不变的主要游戏。

我的家乡很小
只一星烛火闪烁
光晕笼罩着一角书桌
和一双纤纤手儿

面包屑喂给鸟儿
热茶捧给长者
几张孩童的笑靥
即是永恒

我现在还记得，阿公一直抱着我，把我裹在他丝绸衬里的双面狼皮袄里（条纹丝绸，看起来是东方货）。我在阿公皮袄里，透过一个小孔，盯着炉膛敞开的小门，看着里面的火。我能盯着跳动的火苗一连看上几个小时。我生活其中的那所温暖小巢，是所有孩子都爱安居其中的地方。阿公因为揣着我，行动起来像个大肚子袋鼠，他只有让我跑一跑时才把我放下来。

货车一连几个夜晚停在草原上，给发往莫斯科的军用专车让行。这是强大的西伯利亚军团，穿着光板皮袄，带着武器奔赴前线。他们是增援部队。莫斯科的民兵既没步枪也没棉衣，仅仅是给他们配发了军大衣。知识分子、工人、中学生、小职员大批大批地牺牲在先前的郊外防线。十一月已经全都上冻，下起了雪。酷寒的严冬来临了。

我有时被大人从车厢里放到雪堆上，散散步透个气，解决大小便。我现在还记得，妈妈因地制宜，给我做了些小包包，模样像是一小块白面包。显然，我吃饭不好。但就在那里，看着阴沉的天空下白茫茫的旷野，我无限忧愁，仿佛预见到了未来，于是从妈妈手上拿走了所有的小包包。大家都担心我是不是得了肺结核。阿公的儿子柳西克前不久害痨病死了。（给我起名叫柳西克就是为了纪念他。我之前的名字是多洛雷斯,取自多洛雷斯·伊巴鲁莉,她当时名气很大,是一位逃亡到苏联的西班牙女革命家。真是找了个好名字,"多洛雷斯",意思是"悲苦"。)

家庭环境

我的大学生父亲斯特凡从年轻时就患有开放型肺结核。我记得，他在上罗加奇基镇的家里有很多人也得了病，有人已经死了。自从斯特凡住进妈妈在大都会饭店的家里，他大概一直没去过医院做检查。妈妈已经怀了我，有段时间忽然开始咯血，于是全家人都做了诊察，结果在斯特凡身上发现了深度肺结核。我那可怜的未来的父亲被送进医院，家里的所有东西都消了毒，消毒水留在地上的水洼也禁止擦去。祖母东奔西走，请医院给他做所谓的气胸手术。手术很成功，斯特凡·安东诺维奇度过了长久且硕果累累的一生。但当时，我未来的父亲为此很生气，感觉受到了伤害，因为人家怀疑他骗人，有意隐瞒了自己的病情，而且看起来，他生了一辈子的气。

可是怎么说呢，战前全莫斯科都得了结核病。哪儿都能传染上。有一种药叫百浪多息，我不知怎么到现在都还记得，它是红白两色的，红色百浪多息给妇女们拿来染头发。追求瓦瓦的也是一个患了肺结核的年轻人，柳利娅也有一个忠心耿耿的病人朋友瓦洛佳，患的还是肺结核晚期。在一次文史哲学院的会议上，大着肚子的妈妈作为"敌属"遭到了大家的批判（那时我们一直在一起，形影不离，包括她后来受审时）。斯特凡也做了公开声明，表示要拒绝与"敌属"往来。此时，这位瓦洛佳突然跳出来宣布，那他就要跟雅科夫列娃结婚。但在会后，我未来的爸爸很快就跟我的妈妈结了婚。正如妈妈发现的那样，"他因为瓦洛佳感到很不安"。

但我父母很快分了手。

哦，这些家庭里的秘密，这些无法原谅的伤害！这些信件，声明！婚嫁仳离，各奔东西，哦，这沉默漫长如斯，伴随整整一生！哦，菲薄的金钱！哦，隔成囚室一般拥挤不堪的住宅，所有那些疏散和回迁的难题，那些登记落户、勉强栖身的角落、平方米！这些在每个家庭都可能出现的女中学生怀孕的现象……哦，还有些更大的秘密——那些被母亲生出却弃之不顾的孩子……被家庭抛弃的孤儿，被遗弃的老人……

这些枝丫交错的树木，在枝丫折断之时，应该也曾非常痛苦——更不必说那些从父母之树上砍下、失去依傍的新芽所受的悲苦了。那些幼小的树苗，任由命运恣意摧折……老树桩则干枯凋朽。

再无声息。

古比雪夫市

在一个车站，阿公把我从他的双面皮袍里抱出来，递给几位妇女，他自己下到站台上，不见了——他上了我们专车前面的客车车厢。他很快到达目的地，在古比雪夫市，作为一名老布尔什维克和英雄，分配到了饭店里一个独立房间（他在国内战争时期是民族军团里相当于政委的干部，跟大名鼎鼎的富尔曼诺夫——就是后来写了《夏伯阳》的那位——共事过）。因此，我们来到阿公的住处。他作为经验丰富的军事指挥官，深知兵马未动粮草先行，设营员要先于驻防军。他把我们安置在一个窄小的房间里，里面挨挨挤挤地放了两张床和一张小桌子。我睡在阿公胳肢窝下，我外婆和她两个女儿三人睡在一张军营宿舍中的小床和拼起来的凳子上。

阿公不顾环境简陋，每天都用冷水洗浴（用一个小水盆和一块麻布手巾），甚至还做缪勒体操。他的女儿——我的瓦利娅外婆——几乎从不起床。据说，她在莫斯科党委会遭轰炸时受了震伤。

首都领导机关逐渐搬迁到了古比雪夫。甚至大剧院和杜洛夫马戏团也迁到了这里，还有滚珠轴承厂。后来我妈妈被派到这家工厂，在包装车间钉箱子。瓦瓦姨妈因为受过一点点技术教育，被安排来这家工厂做了工程师。妈妈还另做一份活计，在各军队医院朗读西蒙诺夫的诗歌，后来还给《伏尔加河公社报》写稿谈艺术。市火车站里挂着一幅画，画的是白雪皑皑的草原上一头狼和一个冻僵的法西斯分子相遇。必须说，这幅画可怕极了！我至今不知为什么记得那么清楚，也许是我们后来不得不四处流浪的时候，不止一次坐在火车站里。死去的法西斯分子唤起了一些复杂的感受，但无论如何也不是复仇的满足感，更多的不如说是恐惧感。妈妈就这幅画写了一整篇专题评论。

阿公后来在红军街和伏龙芝街拐角的军区军官俱乐部附近一栋卫戍部队大楼里分到了彼此独立而毗邻的两个房间。尽管他的孩子们被处决了，但阿公在党内很受敬重，也享受一定程度的供给保障。一些忠诚的追随者和学生把食品送到他家里。一切都多多少少维持正常，我现在甚至还记得一盘装在小碟子里的葡萄。我常常站在阿公面前，他喂我吃，喂我喝，教育我。比如，我现在记得，我有一次吃细面条之前还想加一块面包,他忽然说了这么一句话:"面包不能配面包吃。"① 可阿公很快离开古比雪夫返回莫斯科,妈妈也同时收到重新组建的戏剧学院——戏剧艺术学院——的通知。她寄去了自己的投考材料,人家就通知她了。妈妈在文史哲学院那场难忘的会议之后终止了学业,休了所谓的"产假"。我现在都不知道,妈妈是不是被开除了,为了防止万一,也不知道可以抱什么别的期望,才往戏剧学院投寄了自己的资料,告诉人家,自己读完了文学系四年级。她那时隐瞒了自己身为"人民公敌亲属"的真相。(她几乎把这事隐藏了一辈子,直到党的二十大。她也不喜欢谈论过往,总是避开"镇压"这个词。她卧病在床的最末一年,我有一次对她说:"咱们回想一下你生活中有什么好事情吧。"她一言不发,只是轻轻地摇了摇手指,好像赶走什么东西。)

但还是有过一些美好往事的,比如这一次通知。妈妈喜爱读书,如痴如醉,总是梦想继续读大学。收到通知,她费心尽力地要弄到去莫斯科的车票,但这是不可能的事。我至今也不知道,外婆和瓦瓦姨妈当初是如何看待她的计划的,现在向老迈的姨妈问这事儿也不合适。

① 俄语俗语,一般是在劝止用面包搭配其他主食吃的时候说的话。

我现在知道，妈妈那时常常哭泣。

她是偶然离开的，只穿一条萨腊凡裙子，火车司机们把她带上机车，因为当时弄不到任何一张去莫斯科的车票。她在机车上站了许多个昼夜。那时禁止驾驶室搭载乘客。她随身所带的东西只有一罐素油，看来是她凭供给证排队搞来的，作为付给司机们的报酬。也有可能，事情是这样发展的：回家路上，她带着一罐素油，像往常一样，不抱任何希望，转身朝车站走去，（就像平常那样）想看看炉膛已经烧旺、等待发往莫斯科的列车。她慢慢靠近火车头，像往常那样请求司机，递上钱，却意外地给带走了。回家的时间已经没有了。是的，我现在想，她也害怕回去。

我现在不知道，那是一趟货运列车还是旅客列车。货运列车也可以走一个星期……

但她很冷静地向前看，看不见我跟她的任何前景。在古比雪夫的包装车间上班？留在这里一辈子没有毕业证？

可是她收到了去莫斯科的通知，这在那个时期根本不像是真的。我妈妈总把这份盖着章的神奇文件装在包里随身带着，怀着自己也不甚明了的期冀。她总是把所有文件都随身携带。她甚至悄悄地跟我们古比雪夫住家的女邻居联系去莫斯科的车票。那位邻居拉希尔阿姨是我童年的噩梦，因为她丈夫在铁路上工作。

※　※　※

拉希尔许多年之后把这事讲给我听，那时我跟随艺术剧院在萨马拉做巡回演出。我找到了自己的旧宅，还有独自一人住在那里的年迈衰老的拉希尔。我跟她说，外婆和瓦瓦姨妈已经恢复名誉，外婆获得了一枚奖章、莫斯科的一套住宅和克里姆林宫的配给，我们安葬了我妈妈，瓦瓦姨妈享受专门发放给特殊贡献者的退休金，住在莫斯科市中心一套两居室住宅里，我们都在照料她。拉希尔好像对我邀功似的，讲她那时给我妈妈搞到了去莫斯科的车票。我说，据我所知，妈妈是乘火车头去的，没有车票。突然，拉希尔严肃起来，（当着许多邻居的面）郑重其事地反驳我说，战争期间，他们是出于无奈，才不得不把所有吃的从厨房里拿走，藏起来不让我们看见。我也承认她所言不虚："是啊，那时候我们总是饿着肚子，我只有五岁，一点儿能吃的东西都没有。"说到这儿，我坐在这间肮脏的厨房里，突然控制不住，放声大哭。女邻居们的眼睛都瞪成了铜铃——她居然连一丁点儿吃的都不愿意分给一个饥饿的小孩吗？拉希尔见状匆匆起身，赶紧回了家。这位虚弱可怜的老太太。

※　※　※

就这样，妈妈抓住时机离开了。那时，她被带上火车，只穿一件萨腊凡裙子，站在冷风飕飕的火车头和车厢连接平台上。她会想些什么？最可能，她想的是我。她很可能一遍又一遍说服自己，一切正常，小家伙在妈妈和姐姐身边，姐姐有工作，小姑娘放幼儿园。没事，她们过得下去。应当先接受教育，再来把小家伙接走。

我现在想象，火车开动的时候，她的心脏该是怎样地怦怦跳动！到莫斯科去，到莫斯科去！那时她二十七岁。

她来到自己父亲雅科夫列夫在契诃夫大街的十二平方米小房间里，那儿摆着几只书柜和几个多层搁架。她刚在他的餐桌底下安顿下来，马上就往古比雪夫寄了一封信和一笔汇款。她从自己前夫那里要到了赡养费。她没有可穿的衣裳，在萨腊凡裙子外面套上外公的军大衣去上课。

我现在想，外婆和姨妈对她的消失不见并没有太多情绪。

她们之后再未提起她的名字。毕竟她们已经在生活中失去了太多……那时候这都是常事——人们被不留痕迹地处决了。哈尔姆斯有一首广为人知的诗作《一个人离开了家门》[1]。他自己也在一次出门之后再没有回来。

但我坚定不移、坚持不懈地等着妈妈。

※ ※ ※

我跟她直到四年后才重逢。

妈妈后来常跟我说,她得为了我接受高等教育,不然养不了家。她在我面前为自己辩解了一辈子,可怜的女人。

---

[1] 丹尼尔·哈尔姆斯(本姓尤瓦乔夫,1905—1942),俄罗斯作家、诗人。1937年3月该诗发表在《灰雀》杂志第三期上。正是这首诗给诗人带来了厄运。

古比雪夫市·求生术

于是，我们就三个人留在了古比雪夫，我、外婆和姨妈。这里接着开始了真正的饥荒。瓦瓦姨妈作为"敌属"，在几个机关的一次漫长夜间审讯之后，被开除出了工厂。我们靠妈妈寄来的东西——我父亲斯特凡·安东诺维奇，一个年轻教授，给的赡养费——过活。

战时所有东西都凭票证供应。我、外婆跟瓦瓦姨妈的票证是一份儿童票、两份受赡养人票。我们凭这些票证买黑面包，每次买的时候，女售货员都从票证上撕下票根。常常是临近月底，全部面包都"预售结束，已无货"……

一大早，天还黑着，寒气刺骨，人们就排上了队。白皑皑的雪地上队形蜿蜒曲折，那是排向面包铺的沉重冰冷的铁门的队伍。

我们终于进了铺子里面，挤在满满当当的暖和人群中。每个人都紧贴着前面的人，免得把他给丢了。"哪位排最后，我在您后面"的套话在战时的混乱中是一种拯救。只要你紧挨着站在前面的人，无论如何也不要跟他脱离，你就处于法律、规则、公平的世界之中，你就获得了活命的权利。你也得就此投入战斗，保住自己的位置——不要让任何人挤到前面！那时候是决不能离开队伍的。

小小的商店里弥漫着一股浓烈的黑面包香味，浓得人颌骨发酸、头脑发晕、心窝发疼。空荡荡的胃里，几台饥饿的马达轰轰作响，一个劲儿想要发动。我们伸长脖子不断地来回跺脚，可是队伍离目的地还是那么远，一丁点儿也没靠近。人群骚动。

后来我发现，哑剧演员在舞台上正是这样走动的：他们模仿走路的样子，而实际上停留在原地。

我们的队伍总算排到了。面包的重量总是比我们要的差那么一点点，于是女售货员动作灵巧地从高处朝切好的面包砸过来一点儿添头，放着大面包的铁盘猛地一沉，她们再立刻从天平上取下面包。这是最简单的骗术。但这块添头总是拿去哄孩子们，因此也能得到高度评价。我就常常把这块添头含在嘴里吸吮。

我们之后会把面包不偏不倚地分成三份。我常常在垫布下面一点一点地揪着，立刻把自己的那份吞下肚，然后外婆和姨妈把自己的那份拿来喂我……

现在我常问瓦瓦姨妈，我们是怎么活下来的，她总是耸耸肩膀，神色慌乱、茫然失措地微笑着说："不知道。"

我有一段时间常去幼儿园，孩子们在那里有自己的生活天地。制作纸飞机时，我们会趁着保育员不在，偷偷摸摸地吃糨糊。据说，这是"樱桃糨糊"。我们把几根手指伸进小瓶子里，然后把手指舔干净。我们一致认为，走廊里住着老妖婆①，因此不应该到那里去，尤其是地板洗过之后（生活阿姨这么跟我们说过）。还有一条规矩：看见天上飞机飞过的时候，我的小伙伴们都隆重地喊着他们家在前线的人的名字，好像此刻头顶上飞过的就是他们。他们骄傲地看着彼此，可我一个名字也喊不出来。我深感屈辱，蔫头耷脑，回到家就问姨妈我该喊谁。她使劲想了一会儿说，我们家没有男的在前线。（热尼亚，她最喜欢的舅舅，给关在了监狱里。她姨妈的丈夫也是。我离了婚的父亲因为是结核病人也没有应征入伍。）可瓦瓦姨妈还是勉强拼凑了两个名字。我也开始像大家一样自豪而且响亮地大喊："瞧，我的谢辽莎和瓦洛佳在飞。"我那时不知道他们是谁。现在终于知道，瓦洛佳是我姨妈的前夫，而谢辽莎是我非亲的舅公，我阿公的儿子，我外婆同父异母的弟弟！后来才知

---

① 俄罗斯民间童话中的女妖怪，常被想象成老年妇女的模样。

道，他只比我大十七岁。

（几乎过了六十年，我才跟他相认，那时，我们所有这些后人在大都会饭店庆祝我曾外祖父伊利亚·谢尔盖耶维奇·韦格尔一百四十年诞辰。谢辽莎是阿公最小的儿子，是他五十多岁时的第三次婚姻中生的。谢辽莎原来确确实实在战争时期是一位飞行员。）

顺便讲讲，有一次，就在这个幼儿园，我真的看见了走廊里大家期待着的老妖婆，但是不知怎么，她从天花板底下骑着马一闪而过。恰好那是冬天的傍晚，电没了，灯熄了，所有孩子都在走廊里疯跑，推推撞撞，吵吵嚷嚷，尽情地挥舞拳头。没人看着的时候，人群就发了疯！走廊里黑黢黢的，只有一扇高高的窗户远远地有一些隐隐约约的光亮（也可能是雪夜的缘故）。沿墙立着几个橱柜。突然，在这扇高窗顶端的通风窗那儿，几乎紧挨着天花板下面，显出一个佝偻着的驼背身影，黑乎乎的，好像一只猩猩。它伸出一只胳膊和一条腿，抓住一个橱柜，猛地往旁边无声无息地一跳。它身后拖着的不知是一块破布还是一片衣襟。这就是老妖婆！我猜到了。这种恐惧伴随了我的整个童年时代。生活阿姨说得对，不能到走廊里去。

（孩子们当然总是天不怕地不怕地上蹿下跳，从黑暗处往下蹦。我那时从没考虑过这种情况——其实是有人爬上橱柜，再跳到了窗台上。）

童年时的第二场噩梦是不死的科谢伊①，跟他的偶遇我以后再讲。

成年人拿来吓唬孩子们的那些东西，确实容易被孩子们在现实中看见……

后来我家已经付不起钱，也没鞋可穿，我就没再上幼儿园了。

对于北方地区的穷人，鞋子至关重要。可城里又不穿树皮鞋。

从四月到十月都还好——我光着脚随便乱跑。从暮春雪消直到深秋雪落。

人们已经不谈结核病了，我连鼻涕都不淌了。

---

① 俄罗斯民间童话中的经典反面形象之一。多表现为个子高大瘦削的老者，性格卑鄙吝啬，常骑一匹会说话的马，偷走故事中的未婚妻或男主人公。

获 救

我们这些孩子就像一群野马，整个白天都在伏尔加河边晃荡。我不会游泳，而且那时也用不着会，岸边的浅水足够你尽情撩水嬉闹，浅滩在水下缓缓地伸向河里。

但有一次，春天已经到了，发起了春汛，这时不会游泳还待在水边就显得轻率了，我就"啊哟"一声，差点儿给淹死。

五月份伏尔加河发起春汛，河水宽得像海面，我们这边的低岸给淹了，对岸也勉勉强强刚看得见。我和一个小朋友决定专门去那儿一趟。我们俩没买渡船票，混上船过了河。我们下船时，河岸还是河岸，却不像之前的河岸那样平缓，而是像个阶梯，河水在台阶下拍溅。我坐在草地上，把脚从台阶上伸下去，可是够不到水。我很想沿着台阶逛一圈，就像在我们自己这边的岸上。

我往那里一跳，可是瞬间掉进深处。我头晕目眩，直接沉了下去，耳朵里什么都听不见了。

等我的双眼能再次看清周围时，我发现我在眼睁睁地看着自己往下沉。我看见身边沸水一般翻腾的小气泡，一些不知名的高高的野草，像羽毛一样轻轻摇摆。我往下越沉越深，水变得愈发明亮。我沉到了水底，轻轻地触了一下河床，就开始笔直地向上浮。水面上已经非常刺眼，时值正午，空气仿佛触手可及。我努力抬头，想换口气——却又像是踉跄了一下，再次快速沉向水底。最有趣的是，我能从高处看见自己蜷曲着身子、脸朝下的模样。假如我那时候知道"胚胎"这个词的话，我会对自己说，我就像一个游泳的胚胎。再一次触到水底。再一次向上浮起，但我下定决心，不能抬头。我的脊背朝上摆动，无力地看着下方，看着浑浊黑暗的深处。我已经明白，不能抬头了。我轻轻地漂浮着，条件是不能呼吸。你想换口气？——那你就得往下沉。所有溺水的人都浮在水面，但是脸都朝下。这是溺水的法则。我很想吸口气。心脏猛跳，头痛欲炸。耳朵里满是喧嚣的水声。突然，我眼睛余光瞥见一个影子，在有亮光的地方，有个什么东西像灯塔一样在高处竖起，好像一根歪歪斜斜的树枝，难道是柳树枝……我飞速伸出手，抓住它——立刻就像个软木塞似的猛飞出了水面！

原来，一个年轻妇女带着扁担和水桶来到河边打水。她发现水底下有东西乱动，以为是一条小狗，就想用扁担从肚子下面捞起它，可没想到伸过来一只小孩的手！阿姨甚至吓得急忙往旁边一闪，但这个捕获物已经使出吓人的劲儿抓住了她的扁担！

同行的小朋友看到我溺了水，而且沉下去不上来，吓得赶紧跑开了。有事的时候孩子们总是躲起来，甚至失火的时候也会躲到床底下。

然后我冻得瑟瑟发抖，躲在岸上一个半毁的小隔间里，蔫头耷脑。我的朋友回来了，陪着我一起。一个年幼的小无赖、淘气包，在小屋子周围逛来转去，哧哧地笑话我，令人讨厌——"快来看呀，她光溜溜的。"湿乎乎的萨腊凡裙子紧贴在我身上……那时候我大概七八岁，但我明白，这挺丢脸的。我藏在我朋友身后。孩子们在院子里的法则几乎就跟最苛刻的宗教法典一样严格！

那时还发生过一件事。就像每一个挨饿的小孩一样，我也虚弱不堪，细胳膊细腿都像火柴棍，肚子却鼓得像个吹满气的气球。有一次，一个别的院子的人忽然指着我说："看啊，这小女孩怀孕了。"我立刻当了真！我那时不知道，为什么会这样，这要持续多少时间，如何结束。但我那时知道，这是丢脸的事，是我的秘密。我只对我的神求告，神啊，请宽恕我，神啊，请宽恕我，救我。我那时还不会背祈祷文。

这确确实实是我童年时期一场持续好多年的噩梦。我肚子里的是谁？他有时唧唧哝哝，有时咕咕噜噜，可怕。或许是一条蛇，或许是一个小娃娃！

诸如《异形》这些美国恐怖故事，大概就是由这类童年印象加工杜撰而成的吧。

我们坐上返回的渡船，暮色渐浓，已近傍晚。我又花费很长时间焐干衣服，牙齿打着架，待在公园里——不能穿着湿乎乎的衣服回家，她们会猜到。（而且这还是在家里人从没有惩罚过我的情形下！但也不应该让她们知道我玩水。这是严格禁止的。）

杜洛夫马戏团

我们的全部夏日时光都是在河岸边市立公园的树丛中度过的。这地方叫作斯特鲁科夫花园。每天傍晚和星期天白天,这里的露天舞台上都有一支乐队演出。

公园巨大无比,简直像座森林,有几条林荫道和斜坡通往伏尔加河。我们在草丛中寻找"羊角钩"吃——这是一种小球果,像是绿莹莹的小饼儿。它很可能是孩子们一天里唯一的吃食。我们还吃金合欢花、酢浆草和酸模。那里没有什么浆果。

每当杜洛夫帐篷马戏团撑起他们的大帐篷,孩子们的任务就是设法钻进去。我就进去过!窍门在于,要在成年人的膝盖高度,从他们腿边钻进马戏团的大帐篷。有票的观众蜂拥而至,挤得水泄不通。但人群太拥挤,简直不可能给自己找到一条路,穿过这些密密麻麻的腿。孩子们手脚并用地往前挤。重要的是,不能摔倒,不然会被踩得很惨。一旦进了场,还得在一排排座位中间躲开工作人员的视线。这我也成功了——只需要坐在几个成年人旁边,跟他们搭上话,仿佛我是他们蓬头乱发的亲女儿。

我在杜洛夫看了一场出色的大象表演！马戏团圆形舞台中央是一张巨大的床，床上摆着一个巨无霸枕头。大象就像一个人那样坐在床上，用它的长鼻子拿起一只巨大的闹钟。闹钟响了！大象把闹钟放到床头柜上。后来它侧着身子躺下了。响起了舒缓的音乐。但大象庞大的身躯开始鼓起来，向上挥着肥胖的前腿，慢慢地站起来（真的，杜洛夫挥舞自己的指挥棒给它鼓劲儿）。接下来，大象开始用长鼻子表演。它抬起鼻子，放下枕头，然后从床上抓起一个臭虫，水壶那么大！它把臭虫扔到沙地上，一只脚踩上去。臭虫炸开了！爆发出哄堂的笑声。杜洛夫喂大象吃东西，他举着胳膊往大象嘴里塞了个东西，就好像在火车厢里往上铺放行李似的。

还有一些大猩猩。一只大猩猩穿着小西服，在读一本大书，它匆匆忙忙地翻着。书页之间似乎放着什么好吃的。它急急忙忙地把这些吃的塞到嘴里，又慌慌张张地翻翻这里、翻翻那里，毫无条理，但是又焦又躁，一边还不时地眨巴着眼睛，东张西望，抓耳挠腮。它所有这些乱七八糟的动作都让人想起一个饥肠辘辘、生满虱子的小男孩。

或者一个饥肠辘辘的小姑娘。

猎 食

我们到处找吃的,像一群流浪的小狗崽。有一次我凑巧摸进一辆呼哧呼哧放气的卡车的驾驶室里,扳开前挡风玻璃上的小遮阳板。出乎意料,那里竟然有三个卢布!我赶紧爬下来,一边把钱给伙伴们看了一眼,一边说:"就在那里,玻璃上面!"

大家立刻都爬过去看,他们什么也没找到。

我站在那里神气活现,像打了个大胜仗!

当然,这些钱被他们用众所周知的方式从我手上给弄走了:

"那给我们看看!"

"不给看!"

"莉亚,你什么也没有!给看看!"

"不给看!"

"小心我揍你!"

"别惹我,傻瓜!"

"伙计们,这讨厌鬼手里啥也没有!"

"没有,是吗,没有?喏,瞧瞧!"(我张开手掌,露出钱来。)

有人从下面猛地一推我的手!(钱掉了,不见了。)

晚秋时候我常待在家,用莱蒙托夫的话说,我是去外婆和姨妈的"冬日的住处"①休养生息。你没法光着脚在寒风中东跑西窜。没有毡靴,也没有任何衣服。吃的也同样没有。

我没再上学。

但九月份我常常光脚站在阳台上,看孩子们带着书包上下学——伏龙芝大街上,每天都有一个女孩上学放学,穿一件明艳的天蓝色大衣,钉着白色大纽扣。这件大衣我记得多么清楚!

(我儿子基柳沙两岁的时候,我成功地给他和他堂哥谢辽沙买到了两件湖蓝色大衣,缝着白色的大纽扣!那时候什么都很难弄到。这是两件非常普通的衬绒拉毛衣服,可是我买到它们的时候,不知怎么就是感到十分幸福!)

瓦瓦姨妈从军官俱乐部的食堂带回来一些土豆皮——战士们常把土豆皮倒进垃圾堆。外婆把它们在煤油炉上用锅烙了,

---

① 莱蒙托夫在《波罗金诺》一诗中谈及,冬季里,军队会专门到"冬季的住处"休整,养精蓄锐,为的是赢得未来的胜利。所谓"冬季的住处"是军队在大城市近郊的营地,有遮风避雨的屋顶。

就像烙土豆那样,不放油。至今我还记得那股难吃的煳土豆皮味道。

煤油炉放在我们房间窗台上。人家不让我们进厨房。

我们还从邻居的泔水桶里弄吃的。这是些富有的人。阿公从前的房间里搬进来一名少校,他有一架留声机和一张唱片。我耳朵紧贴着那扇关得紧紧的共用房门,学会了贝多芬的《祝酒歌》("哎,让我们再干一杯")和轻歌剧《席尔瓦》①里的咏叹调《歌舞厅里的美人儿》。另一间房里住的是铁路学校校长一家,就是那位拉希尔。不知为什么,外婆总是用一个很优美的名字——孚里哀②——称呼她。她有两个女儿,艾玛和阿拉,比我略大。她那位暴躁的丈夫,也是一位铁路官员。

套房里的浴室用木柴供暖,可我们没有木柴。那里有一把斧子。我们在房间里用冷水洗澡。有一次外婆在走廊里大喊起来。我们跑过去,她躺倒在厨房门槛处一摊血污里。拉希尔

---

① 本名《恰尔达什女王》,是匈牙利作曲家卡里曼写于1915年的滑稽歌舞剧,有时被译为《恰尔达什女公爵》,有时也称《布达佩斯歌舞厅》,在俄国首演于1916年对德战争期间,改名《席尔瓦》,其中人物也多改名。此后沿用该剧名。

② 孚里哀是古罗马神话里的三位复仇女神的俄语统称。她们表现为面貌可怕、冷酷无情的老妇人。她在大地上追逐杀人凶手(特别是血亲相弑者)。无论罪人在哪里,她总会跟着谴责他,使他的良心受到煎熬,发疯发狂。在冥府,她亦负责对罪孽的亡灵执行惩罚。18—19世纪的俄语中,该词也意味着暴怒和愤恨。

的丈夫碰到她在浴室里，就抓起斧子，直接砸向我那瘦小外婆的头，不让她以后再进浴室。感谢老天，这一斧子砸歪了。瓦瓦姨妈叫了救护车，医生给外婆白发苍苍的脑袋裹上绷带（这是我的亲人们在古比雪夫的整个十五年间，唯一在她头上裹着的白东西）。显然，她们没往任何地方申诉。那领导叫克列京，我就这样记住了他。他们一家人都叫"自利鬼"。

少校、克列京和孚里哀经常丢弃厚厚的土豆皮、连着脊骨的鲱鱼头、卷心菜的绿帮子。烤焦的面包皮几乎没有。

但那时候，哪怕你想设法弄到这些，也得躲开鄙视和辱骂。所以要等到邻居们睡下之后。

如果成功搞到了煤油，外婆就煮汤！

玩具娃娃

有一次，在一个平淡无奇的时刻，住宅里忽然安静下来。已近深夜。饥饿已经把我们的肠胃彻彻底底啃嚼了个遍，于是，等到了检查时间之后，我们家里的大人就派我出去翻垃圾桶。

我还记着那一斧头，因此悄无声息地溜进厨房。

垃圾桶旁的小长凳上歪斜摆放着两只没穿衣服的巨大布娃娃。

它们显然是我的女邻居孚里哀·雅科夫列夫娜的孩子们扔出来的。

娃娃的脑袋是纸做的，没头发，鼻子表面已经剥落，身子、胳膊、腿都是用布缝的。

我自己也有一只布娃娃，不过只有一条腿，是赛璐珞的，而且不大。此外，我还有一匹马，是我用一小块硬纸板刻的，用我唯一的一支浅紫色铅笔美化了一下：给它画了两只眼睛。我觉得那匹马不像真的，就用一块布头缠在马肚子上，好让它的肚子胖一点。

这里一下子有两只这么巨大的漂亮娃娃！

现在我知道娃娃对于小姑娘意味着什么了：对她来说，娃娃就是温顺听话的精灵。这些笑意盈盈的精灵让她们心头发颤、垂涎欲滴、为之倾倒，一旦到了手里，简直造化神奇，无所不能！她会随身把它带到各处，紧紧地抱在胸前；强行给它喂饭，装模作样地"啊，张大嘴巴"；可以不管不问，让它一直脏着一副干巴巴的小脸；也可以装扮娃娃的脸蛋儿，然后再洗得干干净净，包括出厂的眉毛和嘴唇上的颜色；可以剪掉它的头发，然后又怜惜它更加倍珍爱它。一个小女孩对自己布娃娃的爱是无可比拟的（只有对爸爸妈妈的疯狂挚爱和对祖父祖母的深情眷恋略可比拟）。她和布娃娃什么都能做！跟它分别扮作医生和病人，一边吸溜着鼻涕，一边给它动几场手术。只有一件事：千万不要让布娃娃落到男孩子手里！他们会把它扯得粉碎！

也许该给布娃娃搭一座房子，铺上床铺，最好是在椅子底下，或者桌子底下。

但那时，我站在那里僵住了，一动不动。我不由自主。被抛弃的布娃娃躺在那里，我不敢相信自己的好福气。我那时知道，我们没有未来，我没有权利期望能在什么地方找到些零碎布头，能给它们缝条裙子。我甚至不敢想，该把它们放哪里，我们能在一起过什么日子!

这两只巨大的布娃娃成了我平生第一次的钟情对象。我立刻开始牵念它们,为它们忧愁。我们面临分别。我跪在地上,安顿它们,照顾它们,把它们塞满棉花的可怜脏胳膊摆放舒适。这两只巨大的布娃娃一点点在我心里占据了位置,逐渐占满了它(如果你抱紧一个小孩子,他就会这样占满母亲的心房、胸腔和全身心)。我轮流拥抱它俩,然后拉住它们的胳膊,安适地倚靠着它们,沉睡过去。它们那么大,那么漂亮,那么温和乖巧。

我现在不记得,我这么依偎着它们过了多久,也许一直到早上。我那时不敢把它们带回家。拉希尔这个精明的女人,上学前顺便往厨房里张望了一眼,她的两个小姑娘紧跟着就跑了出来,复仇似的拿回自己的布娃娃,走了。

胜　利

现在写写幸福的事，记记胜利夜。不是胜利日。那几个昼夜，城里很少有人入睡。从正午一点钟直到深夜一点钟，人们都在等待通知，后来大家都兴高采烈地重复那个令人费解的说法："无条件投降"。凌晨四点我被街上的嘈杂声吵醒，好像有一大群自言自语、吵吵嚷嚷的人无休无止地跑过去，仿佛一列轰隆隆的火车开过。天还黑着（我们那时没有钟，可是不知怎么我现在认为那是四点钟——四点多的天已经蒙蒙亮了）。

我跳起来，像往常一样，穿件萨腊凡裙子，光着脚跑到外面，满世界窜了一整天。人们摇晃着军人，甚至猛烈地扑向我们军区军官俱乐部里那些游手好闲的家伙，小心地摇晃军医院里的伤员。到处都在放留声机、拉手风琴、弹巴拉莱卡琴。斯特鲁科夫花园里人们跳起了舞，出口的地方有人卖雪花莲。

新生活开始了，战后几年的大饥馑也来临了。

军官俱乐部

我离开家的时间越来越多。

我第一次夏天离开家是在多多少少已经有些意识的年纪，七岁左右，大概是胜利日之后。

六月初，我自由自在地过了几天。白天，我四处转悠，寻找夜里的藏身处。我没在大街上过夜，也没躲到斯特鲁科夫花园的露天舞台底下，因为舞台的木板烂了个洞，我透过它看到了底下发霉的黑色泥土，散发出潮湿和陈旧的气味，好像还有粪便的气味。那里就没剩什么依然完好的东西了。后来，我在军区军官俱乐部的首长办公室找到了一个过夜的地方。

我早就和我们院里的所有小孩一起学会了混入那里，藏在门后看电影，还学会了溜进军官食堂的运面包大车，从胶合板车厢里收集面包渣。（我们要趁车夫和验收员托走最后一盘面包、拿着单据一起走进后门的时候。大车敞着车厢门，里头空空如也，停在院子里。瘦骨嶙峋的驽马也停在那儿，一只后蹄没钉蹄铁。我们这些饥肠辘辘的孩子，钻进飘着面包那迷人干香味的车厢，把车厢板上的面包渣扫成一撮。）

军官俱乐部是一个亲切的地方，它的后门可以从我们后院远远地望见。院子和楼房四周是一些板棚和汽车库。军官俱乐部的士兵们无所事事，会放鸽子玩，给它们撒面包皮。有些面包皮掉在板棚的铁皮屋顶上，晒干了，鸽子啄不起，我们这些孩子就从院子另一边爬上晒得滚烫的屋顶，踮着脚尖，跑来跑去，找面包皮。

爬上屋顶只有一个办法——用脚趾勾紧一只巨大柏油桶的锋利边缘。

也不知道是谁把它放到板棚旁边的，但事实上这对饥饿的孩子们是一个不折不扣的陷阱。成年人尽管知道孩子们会爬上去，却没有把桶移走！

柏油热得融化了，流到了外面。大家都明白可能会有人掉到桶里，在柏油里淹死。谁也没办法把你给拉出来，因为柏油太黏。但孩子们还是要爬。屋顶上很可能有面包皮啊！对我来说，饥饿比危险更有威力。于是，我得瞅准男孩子们不在木桶周围转悠的时候。

柏油桶下面一直有一大块凹凸不平的黏疙瘩，那是柏油溢出来以后凝积成的油块。我有一次被人推进去了。我坐在这一团可怕的黏糊糊的东西里，强忍住不哭出来。四周是一阵遏制不住的大笑。我爬不起来，只能像在做梦一样，两只黑乎乎的手掌来回倒腾，糊满了柏油，像是戴着手套。我努力张开手指，柏油像冰柱和线绳似的扯成了一缕一缕，就是拉不断。手掌开始像玻璃那样发硬，但我害怕为了撑起自己而重新把手放回黏糊糊的柏油中，然而那是唯一能够爬起来的办法。忽然，有个成年人骂骂咧咧地把我从黏糊糊的柏油里拎了出来。我在院里孩子们的笑声中慢吞吞地往家挪，手尽量不碰到头。家里人设法把我给刮干净了。短裤只好扔了，可又没有别的短裤……我只好想了个招儿：把背心下摆打个结，干脆扎起来。

在这个世界上，人们顾不上思索，只来得及奔跑，或者躲藏，或者，如果被人追赶，就大喊大叫并且打上一架。

其他各方面来说，我的童年都是那个时期的正常童年：有几个要好的小女伴，做捉迷藏游戏，疯狂地玩官兵捉强盗，打奇扎棍①，玩木头人游戏。安安静静不闹腾的时候，我们就在地上玩挖宝库——挖个土坑，往里面放些彩色玻璃珠，用一块大玻璃盖上，上面再撒一些院子里的脏沙子。我们到处转悠，找别人的"宝库"，同时藏好自己的，不让它暴露。孩子们一边玩，一边嘲笑我的莫斯科话，故意学我文绉绉地说，"你看见吗""问题在于"……

---

① 俄罗斯一种古老的民间儿童游戏，基本规则是使用一条长木板击打一根两头削减的四棱木棍。

但我最亲近、最心爱的是小狗达姆卡。有时候我跟它一起在什么地方闲躺着打滚，我常搂着它细瘦的脖颈，还有时候我们又跑又跳，它把扔出去的棍子叼回来，我哈哈大笑。但有一次，它像闪电一样飞奔，从我身边擦过去，速度快得吓人，嘴里吃力地叼着一块血淋淋的排骨——看起来是炊事兵剔净扔出来的羊肋骨。我追着它跑，它一边躲开我，一边警告似的朝我呜呜吼着。这是开天辟地头一次。我刹住了脚：达姆卡原来不是在闹着玩儿！

我总是缠着姨妈和外婆给我"随便生个小猫咪、小狗崽儿"啥的。

有一年冬天，我的梦想实现了。我把一只饥肠辘辘的小猫咪带回房间，那正好是新年夜。它守在楼梯上喵喵叫，我给它开了门。我们因为过节点着煤油灯，屋里特别亮堂舒适。我和我新来的小灰猫穆尔卡一起窝在沙发上，它怯生生地呼噜着。我们等到半夜，一起就着邻居扔出来的东西吃了一顿大餐。它什么都吃，连土豆皮和鲱鱼头都吃！吃饱喝足之后，我带着穆尔卡围着一根插在罐头盒里的枞树枝跳环舞。小猫咪的两条前腿被我拉着，只好挪动细瘦的后腿，迈着跌跌撞撞的小步子转圈儿。我伴着邻居家的留声机唱了那首《歌舞厅里的美人儿》。我们也过了节！

然后它闹着,一心想出去,就跑掉了。

我的全部冒险生活都是从夏天开始的。有时候我成功地爬上屋顶,找到一小块黑乎乎的面包皮。下来的路是没有的(你会不偏不倚地掉进柏油桶里),我必须悄悄地从板棚的另一面跳到军官俱乐部的院子里。然后我躲过警卫,钻进军官俱乐部。现在我记不起我是怎么做到的了。对于我们所有人来说,去军官俱乐部的最大诱惑就是那里会一连许多晚上放电影:缴获的战利品电影《海鹰》、埃罗尔·弗林主演的《铁血船长》、狄安娜·德宾演的几部电影,还有《翠堤春晓》和《日光谷情歌》(这是我最喜欢的电影,就是结尾有点傻)。

所以夏天有许多开心事。

我们躲在门背后或者在换场时躲在帷幔后面,一口气看完所有电影。有一次,我就像几部最新电影(比如《秘密任务》《侦察兵的功勋》)中的间谍那样,在电影散场后藏起来了。后来,我像做梦似的沿着几条空荡荡的走廊乱转,给自己找到了一间首长办公室过夜,那里有一张粗呢面沙发,把我的脸颊扎了一整夜。我的后脑勺枕着曲起的胳膊肘,本打算睡了,可是夜晚的天色很亮。那是一个七月的夜晚,趁着倏忽而又明亮的一闪,我激动不安的眼前猛地出现了一幅画,画面上的领袖和将军穿着军装,正在检阅部队,骑兵(还是四轮双套的轻型马车?)正在列队行进。我平生第一次为一幅眼前的画面感到害怕。

以后我再讲生活中遇见的可怕事情,讲一讲果戈理的《肖像》。

上流话

    白天，我就像个无家可归的流浪儿，四处讨饭行乞。我忍饥挨饿不难，但我家人都已经挨了很长时间的饿。外婆躺着，身形巨大，得了水肿。尽管我姨妈几次说，她会时不时地去码头卸货，为此人家给了外婆一瓶变性酒精，能拿去换面包。瓦瓦姨妈有一次不知从哪里弄来一捧杂烩菜，另一次弄来一茶杯李子酱。我明白，这种机会下次绝不会再有，就往李子酱面前一坐，狼吞虎咽地吃了个精光，像一头小野兽。后来几十年里，我甚至连李子酱的气味都忍受不了！

    我们因为欠费断了电，但有时候也能买到点灯和烧炉子用的煤油。小铺子不知为什么，总是直到最后才愿意卖给我们燃料。我们常常在那里站上好几个钟头。从那时候起，煤油味儿总让我联想到光明和欢乐。我们带回家一小桶，可以煮点儿东西。有时候再点一盏煤油灯，郑重其事的、明亮的、金色的光就会从沙发背的高处洒满我们的房间。

    这就给人们提出了关于生活之欢愉的问题——特别强烈的

幸福都因失去而得来，不管人们愿不愿意。也只有分离才可能带来意外的重逢。

我忍饥挨饿不难，但不能忍受束缚。她们为我担惊受怕（毕竟我是个正常家庭里的小女孩，可是城里的风气不好，很野，满是土匪，而大院里的生活自由放任，无法无天）。外婆和瓦瓦姨妈给我解释说，城里的茨冈人偷小孩。她们打着这个幌子，不让我出门逛悠。我却偏要跑出门去，过上好几天才回家来，没心没肺地利用她们的幌子，说，我被茨冈人偷走了，是警察把我救回来的。

她们看我还是满不在乎、无忧无虑，便紧张地交谈了几句，用的是所谓的"上流话"——他们那群地下党的暗语。

她们不知道，我早就学会了听懂它的意思，我也一直瞒着这一点。我直到现在还记得，她们用一个古怪难懂的词"切实破"骂人。阿公相当频繁地引用普希金写敦杜克大公的一首小诗，而我总把它当成儿童诗："为什么敦杜克如此荣耀？他凭什么坐上高位？"阿公这时总会郑重地收束道："凭他有一个皮普！"我很快弄明白，"皮普"这个词就是外面街上说的"屁股蛋子"，也就是流氓无赖坏东西。我差不多就是这样骂人的。

我的瓦瓦姨妈前不久对我公开了这套符码的一个秘密。它被地下党称作"宫廷里的上流话"。它把辅音表一分为二，两部分按照规律一一对应，彼此互换，如此等等。这么一来，最著名的那句骂人话就变得面目全非了。

因此，她们为我担的那些惊、受的那些怕我全都明白，她们的所有打算、预见、所有苦涩的词句我全都能懂。但我全不在意，对这些事毫不关心。我不相信她们，我的任务是离开她们，到外面的街上去。

我就这样度过了战争中的所有夏日时光——我在城市里到处游荡、乞讨，学着孤儿的样子说："没有爹爹，没有妈妈，帮帮我吧。"

大剧院

有一次，我甚至混到了歌剧院的一座小高台上（看样子是灯光控制平台），楼外边有一架铁梯通向它的入口。我在歌剧院墙外转悠，因为进不去，可是剧院里灯火通明，观众如潮，迷人的音乐已经响起……里面暖洋洋的。

突然，我发现离入口远远的墙角后面，有一架陡峭的金属楼梯。它在天空之下高高地向上攀缘，差不多有五层楼那么高。天色已暗，乌云低垂，淅淅沥沥地下起雨来。我手脚并用，沿着湿漉漉的铁梯向上爬，根本不敢往下看。我爬到顶上，装出一副孤儿相，使劲拍门。我害怕沿着这架陡峭的楼梯往下爬，害怕掉下去，恐惧使我的嗓音透着真的绝望。我表演了穷乞儿的全套说辞："妈妈没了，爸爸没了……请放我进来吧！求求您了，恳求您，哀求您，行行好吧，发发善心，我冷死啦！我太想听听音乐了，让我进来一小会儿吧，就一小会儿！"确实，风打着呼哨，两只脚在铁梯上冻得冰凉。门突然开了，一位好心的大婶把我放进了回响着乐队节日之声的温暖和黑暗里。

我和女灯光师一起站在这座小高台上，挨着烧得发烫、散发着臭味的照明灯。底下，触手可及的就是一个魔幻、色彩缤纷、光辉灿烂的世界，是人工花园里的一座宫殿，两边环绕着画出来的绿树——宫殿也有阳台，就比我待的这座高台低了一点点！就在离我只有几米远的地方，一位粉妆玉琢的贵妇人正在唱"我亲爱的朋友，我正洗耳恭听"，她的嗓音温柔。那一晚，我凝神倾听了被疏散的大剧院上演的罗西尼《塞维利亚的理发师》。第二晚我又爬上去。我还是穿了条萨腊凡裙子，冻得瑟瑟发抖。我大声拍门，放声大哭，可是没人给我开门。

我像一只挨了一通狠揍的狗，垂头丧气地溜回家。那里至少还暖和。

我一辈子都记得罗西娜和阿尔马维瓦的二重唱片段……

再往后，每当我回到家，姨妈和外婆就做出一副一切正常的样子。她们已经不再翻来覆去地盘问我，但我继续给她们讲自己编出来的小故事（"我如此这般被偷走了……"）。

看得出来，外婆和瓦瓦姨妈那时候感到幸福，因为我还活着，也就没有冒险把我拽出来摁到干净的水里。她们有时候会拿卷心菜叶子煮汤给我吃，那是瓦瓦姨妈从市场的地上捡来的。（"喂羊？你这是喂羊的？"——卖菜的大婶每次都这么反问，那大概是姨妈搪塞别人的说辞——我的瓦瓦姨妈，不久前还是装甲坦克学院的一名女大学生，这会儿却在弯腰捡拾被踩入泥土的卷心菜叶，因为这类诘问而暗自哭泣。我看见过那一幕。）我则像往常一样，在深夜里被派出去猎取邻居家的泔水桶。

跳下楼梯

看来，我瞎编的一些话惹得姨妈和外婆严厉了起来。有一次我回家后，她俩用自己的上流话嘁嘁喳喳地小声聊了一会儿，接着做了决定。

瓦瓦姨妈出去用钥匙把门锁上了！

一般说来，这也不是没有用：每个小女孩长大的过程中，都在自己的院子里有自己的地位，也必然要经过许多人的手加以"栽培"。

在那里，在板棚后面。

几个大点儿的小姑娘彼此之间没谈过这个，但她们不止一次暗示过，用下巴往那个可怕的方向指过。

我根本一无所知，没有感到过危险。我瘦得一把骨头。毕竟我只挨过揍，暂时还没被别有用心地利用过。

但是这样的未来——不论以什么方式——我大概一定会遭遇到，哪怕只是作为一种惩戒，让我认识到自己的地位。

这时候玛利亚·雅科夫列娃姑婆从莫斯科来了。她是科利亚外公的妹妹，一名老师，当时在戏剧协会系里，恰好出差视察外省的剧院。她带着妈妈的一个小包裹来看望我们。她给我带来了一些小礼物——一盒三层果冻软糖、一盒铝制的儿童餐、几只带盖儿的小锅，甚至还有一只长柄勺，都用橡皮筋固定在厚纸盒里。

简直华丽贵重得见所未见、闻所未闻！

玛利亚姑婆有条有理地跟我们谈了谈，仔仔细细地问了些话就坐车走了。

她，作为一名演员和教师，又是外婆丈夫的妹妹，看见我们过的那种日子，连眉毛都没动一下。

但我现在想，她在莫斯科一定对我妈妈直言快语，毫不隐瞒，说了她不得不看见和经受的一切！

妈妈那时候刚从戏剧学院毕业，正在安排工作。

我外婆和姨妈出于高傲，跟谁都没写过一个字的信。

就这样，忧心忡忡的亲人们把我给锁起来了。

有一次，我一边大声唱歌，一边跳舞，向躺着的外婆和瓦瓦姨妈展示我的艺术。我跳到挂着钥匙的门边，刚来得及转动门锁，就被一双慈爱的大手攥住了。之后，钥匙再也没有挂在门上。我的心脏猛跳——我被监视了。

我那时候满心里怀着对自由的渴望，走到外面阳台上。我们住在三楼，跳下去是很危险的。我想了一会儿，激动地爬到了邻居的阳台上，又从那里费劲地够到消防梯。它是木制的，摇摇晃晃，已经朽坏了，而且横格之间的跨度对我太大了。我每次都用手挂着上面，用脚摸索着探向下面，一格一格地往下爬，一步一步奔向自由。到了消防梯最下端，离地还有一米半高。有什么办法呢？我轻喊一声，忽地跳了下去。噗，屁股着地，没关系。我跳起来。着陆了，乌拉！那是一个绿意婆娑阳光灿烂的日子。我预先做好了一切准备，穿上了我所有的衣裳——一件背心、一条萨腊凡裙子，还有一条淡绿色呢绒坎肩，是隔壁单元的邻居送给我的。她有时候还带给我一小片面包。

随后，我的心怦怦跳着，因为得到自由和幸福打着哆嗦。我在阳台下面逛了一会儿，直到上面栏杆那儿露出我三十二岁姨妈的花白的头。我抬头朝上看了她一眼，她睁大自己深蓝色的眼睛朝下看着我。"你怎么下去啦？"姨妈大声喊道，希望赢得一些时间，然后当场抓住我。（也许，她期望外婆能立刻听懂，赶下楼来追我。尽管外婆根本追不成，因为她的两条腿都肿得走不了路。）"跳下来的。"我回答道，免得她们猜不着。趁她们还没抓到我，我旋风似的逃走了。说句后话：我这一跑，就再也没有回来。我再次见到她们是九年之后，她们都认不出我了，那时我已经十八岁。"这是谁？"我的个儿小小的外婆问道，她拖着两条肿胀的腿，勉勉强强地爬上楼来。我直到那时依然心怀愧疚……

现在的我，在教育过三个孩子之后才明白，他们——孩子们——也同时在培养和教育着成年人，迫使他们明白，凡事要有尺度。

我之后又为了争取自由迈出了怎样的一步？

我根本没有再回过家。

那么她们呢，瓦利娅外婆和瓦瓦姨妈呢？

如果她们抓到我，就会连阳台门也一并锁上。

因为只有暖和的时候，孩子才能在外面的街上活下来。一旦天冷，他们会冻死。那些无家可归的孩子因此在暖和的火车站流连。但他们还是在一点点死去。

但是，如果完全剥夺他们的自由，他们就会想逃走。

唉，教育就是那些无法解决的矛盾之间的斗争。

插一句话，每当有人问我剧本里写的是什么，我总是脱口而出："写的是那些无解的难题。"

它们实质上都是无解的。

这一点以后再说。

文学卧谈

现在,在这支关于教育的小插曲之后,我再回到果戈理的《肖像》。

话说,外婆一直要把我留在家里,想在这锁闭起来的空间里,把经典文学作品里的故事讲给我听,就这样来教育我。她讲得妙趣横生、引人入胜。后来姨妈多次跟我说,随便什么电台节目,她母亲都能轻松自如地续播,尤其是电台里朗读果戈理或者《战争与和平》的时候。她能背诵很多东西。瓦利娅外婆是别斯图热夫高等讲习班的女学生①,记忆力好得出乎想象。她丈夫,语言学教授科利亚外公,懂十一门外语。可我,他们的后代,甚至连学都没得上,因为没鞋穿。从四月到十月,我光着脚到处跑,冬天则在家里枯坐。但无论如何,我还是从五岁开始读各种报纸,那是邻居们丢出来的。我家的大人都根本不想教我。阿公甚至不知为什么他们禁止教我。(他做得也对,

---

① 别斯图热夫高等讲习班是彼得堡女子高等讲习班的别称,因其首任校长是别斯图热夫·留明教授。它是沙俄时期的第一所女子大学,也是一所正规高等学府,对学生在学业、仪容、举止方面均有严格要求。

因为小孩子会对禁止的事情特别感兴趣!）我甚至起劲地背会了一本当代史中的不少篇章。那是外婆的枕边书,她会在书里划出明显的谎言。整本书都被划满了。

还有两本出版物——旺达·瓦西列夫斯卡娅的《阁楼上的房间》,这本书我不记得了,和第一本我完完整整读下来的书《塞万提斯的一生》,好像是弗兰克写的。后一本里描写了一只大概是放在监房桌上的装葡萄酒的长颈玻璃瓶。红色瓶身放在雪白的桌布上。我至今还能在脑海中清楚地看见这幅画面,好像我在那里住过似的。白底上鲜艳的红色!我的世界中从没有过这种东西。既没有白的,也没有红的。但它曾经在我童年生活中存在过,这就是关键。我到现在都记得这些反光!这压实了的白雪一样洁白、厚实的桌布,桌角斜抻出来的喇叭口。低矮的小窗,窗外迟暮的夕阳。室外是绿意盎然的田野!不知为什么,西班牙的监狱在我想象中就是那样子的。

外婆还有一卷马雅可夫斯基作品集,看来是为了纪念作者曾在年轻时爱上过外婆。他以白银时代的风尚,热情地称她是"蓝衣女公爵"①。年少的瓦利娅外婆被他的高声表白弄得很难为情。外公的朋友罗曼·雅各布森说"我发现了一位天才诗

---

① 马雅可夫斯基此处是在借用英国画家托马斯·盖恩斯伯勒的名画来赞美心仪的女孩。

人",把马雅可夫斯基带进了莫斯科语言小组。他们在那里和我年轻的外婆又碰了一次面——之前的马雅可夫斯基作为一名年轻的党员,用现在的话说,已经在"追"她了。这我已经提到过了。那时候他们约莫十五岁。

根据一些家里的传说,马雅可夫斯基是跟罗曼·雅各布森一起遇见了外婆,那时就向蓝衣女公爵表了白,可她拒绝了他。

一九一四年,瓦利娅和科利亚·雅科夫列夫夫妇已经有了女儿,我的瓦瓦姨妈。

一九五六年,瓦利娅外婆恢复名誉之后回到莫斯科,她的妹妹阿霞从劳改营和流放中归来,对她喊道:"怎么样,你不想嫁给一个诗人,就嫁了个教授,又得到了什么结果!"

※ ※ ※

我和外婆的文学卧谈当然是在冬天。

瓦利娅外婆通常像一道山脉似的卧在床上(那是饿出来的浮肿病),我就依偎在她旁边,瘦得像个骨头架子。我们随便盖上个什么东西,然后她就整天整天地半闭着眼睛给我背书。不知道为什么,她主要是背果戈理,《死魂灵》《狄康卡近乡夜话》。她有一个弱点：她把大量的注意力放在对吃的描写上。她经常平白无故地在果戈理的菜谱里插入油渣和甜菜汤。我常常问，这是什么东西。外婆就告诉我。我就像巴甫洛夫的狗一样，满嘴流口水。

她给我背完了果戈理的《肖像》。可能还有《维》。我至今还怕它。

就这样，果戈理的中篇小说《肖像》给我留下了难忘的印象。如今我依然认为，出卖自己天赋的情节最具有现实意义。那些为金钱服务的人，都是在为那个大家都心知肚明的人服务。

我们的文学卧谈有一个起因，那就是我们都饿得气息奄奄。

我的音乐会·绿外套

夏天的时候我乞讨。

我讨饭时不是伸着手要,而是挨个儿在不认识的院子里游逛,随便在一个板棚边(通常都有孩子们跑来跑去,老奶奶们往来穿梭)站住脚,就开始唱歌。唱一些新歌,诸如《学校旁边的空地上》《露水晶莹的草地》《柏林桥》。我不唱探戈,而《落日》是我真心厌恶的。这是一支尽人皆知的流行小调,每天傍晚的斯特鲁科夫花园都在放这张唱片。军医院的那些伤兵随着这支曲子跳舞,小镇上的大婶们在公园旁边卖一束束鲜花,夕阳染红天空,落日一点一点沉落到伏尔加河对岸,我们在桥边偶然发现几朵插在铁丝上的大丽花。我很长时间都困惑不解——为什么插在铁丝上?是他们把采下的鲜花固定在上面的。

我于是十分厌烦《落日》。我把它插入那部讲述我和尤里·诺尔施坦共同童年的电影脚本里,名叫《童话的童话》①,

---

① 苏联动画片,得名于土耳其诗人纳泽姆·西科穆德(1902—1963)的同名诗歌,由彼得鲁舍夫斯卡娅编剧,尤里·诺尔施坦(转下页)

它已经在某种程度上成为TB频道五月九日胜利日的固定节目。

然后我像个鹦鹉似的表演邻居少将家唱片上的歌曲("让我们再干一杯,上帝作证,贝西,咱们再满一杯烈酒!最后一杯上路的酒!不跟咱们喝的那是傻瓜!")。然后,我进入终曲,豪迈地模仿轻歌剧《席尔瓦》中的咏叹调《歌舞厅里的美人儿》来结束自己的表演:"美人儿,美人儿,歌舞厅里的美人儿!您生来只为享乐!咖啡馆里的美人儿从不疑虑!她们不应被忧愁眷顾!美人儿啊,美人儿!"等等。

是的,歌里还有"无法达到的"这个词,但是我常常驾驭不了它。

于是就有了这样的场面:我好像少年伊迪斯·皮雅芙[1]那样唱着自己的歌儿,然后,等演出结束,孩子们已把我围了一

(接上页)于1979年拍摄。片中,过去与未来、幻想与真实、儿童印象与成年人的沉思彼此交织,仿佛一座记忆的迷宫。诺尔施坦和彼得鲁舍夫斯卡娅在影片说明中写道:"它应当是一部关于记忆的影片。挂在绳索上的床单、鼻孔里穿着鼻环的公牛、充满着可怕的牺牲的激情……所有这些都可以组织成一个简单却特别的情节,手风琴般层层叠叠的情节,不断延展、最后变成一种简单的声音——'我们生活着。'因为我们的童年时代正处在战争末尾,我们应该永远记住幸福是每一个和平的日子。每一个。"

[1] 伊迪斯·皮雅芙(1915—1963),法国歌手,演员,20世纪著名歌唱家。她个子小巧,出身底层,二战前已成名,战时红遍欧洲。

圈。我为了不失去听众，转而讲起果戈理的《肖像》来。这故事几乎把孩子们吓呆了。我现在还记得，有一次，有人送给我一小块黑面包，还有一次，一个男孩走过来，扭扭捏捏地说，他妈妈喊我过去。我起先给吓住了。我的本能告诉我，不能跟陌生人去陌生的地方。但所有小孩都在劝我，他们也都对这件事很好奇，于是我们就一起去了。在楼上，黑漆漆的楼梯顶打开了一扇门，一位妇女递给我一件没扣子的绿色针织外套，又立刻背过身去抹脸。那好像是件高领套头衫，我立刻就穿上了。所有人都很高兴，在黑乎乎的楼梯上，凑着敞开房门透出的亮光，把我端详来，端详去，好像那是他们自己的得意之作。

当然，我从此以后再也没往那扇门里张望一眼。

※　※　※

斯宾诺莎好像说过，我们总是逃避那些曾让我们感到不自在的地方。

可有时候你无法承受别人给予的过分善意，同样无以为报。

也有人说过，大恩大德，只能以不谢来报之……

你也许正怀疑，好事不会重现，未来只会变得更坏，就连生命中最大的幸福——对善行的回忆——也将消逝。那些人已经不会再与你相逢，绿外套也不会再有了。

可是，它们和你在一起：这群忍饥挨饿的孩子、这扇敞开的房门、这只递过来的手，还有没看清的别人的妈妈，她哭着背过脸去，脊背对着光亮。

乔伊斯把这些记忆的闪现称作"顿悟"。

这些顿悟就在此地、此处、此刻。

肖　像

就这样，我逐个院子里讲了果戈理的《肖像》。

之后，我在黑夜到来之前完全的孤独之中，在军官俱乐部空荡荡的首长办公室里，脸枕着手躺在沙发上，我看见了尚未熄灭的晚霞映照着的那幅肖像——画面上的领袖简直可以转过身来，用他那双黑眼睛牢牢地、直勾勾地盯住我。我吓得要死，翻过身去，浑身发冷，捂住了脸。

这个形象透射出一种令人恐惧的威胁。

后来我就换到别的几个办公室过夜去了。

绘画居然拥有这样巨大的影响力！画家画这幅肖像时，一定有不少复杂的感受。也许，在他那儿，这幅画就是恐惧的产物，他期待着能得到宽恕。

作者在创作的瞬间感受到什么，就会把它传递给特别敏感的观众。

插一句说，得到那件绿外套之后，我不知怎么，不好意思再逐个院子进行表演了，我转而去商店乞讨。

好像，直到去保育院之前，我再也没有表演过，彻底终止了演员生涯。

小水兵的故事

但是,在商店里乞讨要困难得多!你得轻轻地摸摸一个人的后背,讨要一个戈比①,可是这人胳膊一抡,只朝你甩出区区一个钢镚儿!于是你唱起那一出"叔叔大爷,多给点儿吧",人家却有根有据地指责你说,你不是只讨要一个戈比的吗?……

可是最小份的冰激凌也卖三卢布呀!

"给一个戈比吧"的说法,早在革命前就成了穷乞儿的保留剧目,那时候,一个戈比还能值点儿钱。用我那两位"反革命"祖母的话说,穷乞儿之所以这么说,是因为"旧制度的压迫"。

我的处女秀就在一家大型食品商店里上演了。

那里的乞丐都站在收银台附近,好像仪仗队那样两边排开,中间留出一条过道,小声念叨着自己的那套乞讨词。顾客从叫花子队列中间穿过去结账,付完账往回走时,两条队列

---

① 苏联货币单位,100 戈比等于 1 卢布。

会合围过来。可怜的挨饿的乞丐们，孤儿、病人、缺胳膊少腿的、瞎了眼睛的，都伸长了怯生生的胳膊求一点儿零钱，在过道两侧排成了两堵密不透风的人墙。

现在我还想得起，那家商店的顾客不多，收银台没人排队。

高高的货架空空荡荡。

那时候，商品不是平放在货架上，它们有时候一运来就"抛出去"了，顾客跑过来，排在队尾"买最后剩下的"，结果"搞到了"。

我站在讨饭队伍的最末尾，离收银台的小窗口很远。没有希望。

但情况突然变了。这支顺着收银台排开的"仪仗队"惹恼了收银员。她从小窗口里喊了起来，讨饭的都像挨了揍的狗，顺从地四散跑开，躲到了远处的墙根里。只剩我一个人不明就里，糊里糊涂地混到了收银台跟前。

收银台的小窗口底下有一块小托板，看样子是为了方便找零，给人们临时放钱用的。我就藏在这块小托板的阴影下，避开了收款员的眼睛。但我没有整个儿躲进去，只把头扭向一边，就这么站着。

于是好戏开始了！人们忽然源源不断地给我钱。我外套里面的萨腊凡裙子口袋很快就鼓起来了。我一头雾水，闹不明白。零钱简直多得像下雨一样！

我忽然胆怯起来。这事儿让人费解——他们为什么都给我钱？

后来我才弄清楚：我在收银台的小托板下面，扭着脖子歪着头，姿态古怪得很。人家一定以为我是个病人，是个残废！

我现在估计，那可能是由于当时我歪扭的脸上满是无限痛苦的表情。因为对一个小孩来说，独自一个人，还用一种扭曲的姿势站着，这就是一种最可怕的惩罚。我确实饱受折磨。但大家都被撵走了，只有你一个人成功地藏了起来，这时候再离开又不像话。我一边拼命忍耐，一边备受煎熬。可能，我长着一副不幸的红脸蛋和一对悲戚戚地耷拉着的眉毛，活脱一副脖子歪扭的小受难者模样，真叫人可怜得心都碎了。

其他的乞丐大概都已经让人司空见惯。他们被看作毫无悲戚之感的普通人——这里就是他们工作的地方，他们就像上班一样来这里乞讨。他们无事可做，也没什么可为他们做的。

可是这里来了个新人，还是个残废，她的痛苦显而易见！

最后，一个行乞的小男孩从墙根前独自一人向我走过来，他是被他独腿的乞丐父亲打发来的。小男孩瞪大眼睛，打量了我一番，也给了我一个戈比。他郑重其事地做完这番好事，又回到不起眼的墙根去了。

我一想明白这其中的原委，马上羞惭得要命，心也沉到了脚底板。要是他们知道我实际上没病，这简直得丢死人！我仿佛被上锅蒸过，大概脸也红得更厉害了。人们开始朝我弯下身子，想走过来问问我。不行，得跑开逃走。我依然侧歪着头，更厉害地斜着身子，慢慢地离开收银台，朝商店出口走去，走过我的那些乞丐兄弟。出了商店，我继续把这姿势保持了一会儿。等我刚走进一个院子，我立刻藏到一丛灌木后面，靠着墙坐下来，清点自己的财富。人们给了我十四卢布！

可以买冰激凌了。最小的只要三卢布，再大一点的九卢布，最大份的十二卢布。但我梦想有一只布娃娃！我想象自己有一只巨大的布娃娃！我飞奔到一家小商店，冲到卖纸制品和玩具的柜台那儿。过去我常去那里，一般只是像根木头柱子似的杵在玻璃柜台那儿，一看就是半天。那里的人都认识我，总是隔一会儿就赶我走——但是这次不同了，我说，我有钱。他们对我充满戒备。

我呢，一边苦恼着，一边把所有零钱掏出来堆在柜台上。女售货员干巴巴地数着。我呆呆地指着她身后的一只布娃娃。但看来，我的钱只够买这家商店里最便宜的那只。玻璃柜台里躺着一个穿水手服的小男孩，布做的身子，赛璐珞做的头。我没要那个更贵一些的小女孩。我含着没哭出来的眼泪，丢掉了自己所有的希望，拿上我的小男孩，把它藏到怀里，藏到人家送给我的那件绿毛衣的领口里。我想了想，把它抱了抱紧。它是我的！我自己的小布娃娃！我在街上飞跑起来，幸福地高高跳起。我有了一只小小的男娃娃了！

我跑进自己的院子，怀里的布娃娃不见了。我把它弄丢了。

我的成功到此结束。我明白了，一切都是公正的。我欺骗了大家，上帝惩罚了我。我的小水手在我怀里没待多久。

很奇怪，但生活就是这样，犯错之后接着就有惩罚。只有一些大恶之人才免于惩罚，但他们会受到完全不同的力量的保护（监督？）。我是这样觉得的。

另一种生活

这件伤心事之后，我很快开始了另一种生活，发生了一个奇迹。

临近一九四七年六月初，我由阳台逃出来，之后完全离开了家，在大街上过了很久，已经有人把我当成女儿收养了。这是隔壁院子里的一位妇女，她的孩子没了。她住在大树下浓荫遮蔽的一间小平房里。这女人的房间里暗漆漆的，床头上挂着一幅她过世女儿的大头遗像，围着黑绸带。大婶在小桶里给我洗了澡，这让我十分不自在。别人的手触碰着我，嘶。我现在不太记得了，但很可能她往我头上抹了煤油。我在这幅遗像下睡没多久，又在一天夜里跑了出去，溜回自己的院子里。肖像，又是肖像，肖像上总是有一双眼睛死死盯着我！那妇女总穿着深色衣服，阴沉沉的，瘦瘦小小，忧心忡忡，几乎从不看我。她在昏暗中从衣橱里拿出女儿的几件珍贵衣服，犹豫着，往我这边瞥了眼。她显然想要习惯我的存在，又暂时不急于把自己所有的宝藏向我敞开。但我跑了出去，再没回来。我不知为什么，一直在等着自己的妈妈，她四年前去了莫斯科读书，暂时还没有回来，只是寄来不多的一点钱，我们就靠这些钱买凭卡供应的面包，偶尔也买煤油。

我像一只自由自在的鸟儿，头发蓬乱，满头臭虫虱子，看起来，刚洗完澡就又灰扑扑的了。（那时候没有镜子，我跟所有流浪的人一样，看不见自己的模样。）我满院子跑，不知道自己的未来会是什么样，但我们单元楼上的邻居家里，已经成年的孩子们像马队一样疾驰而至。他们是敌人的孩子，也是我的敌人。他们总是撵我，揍我。有一个小子和一个姑娘是兄妹俩，我怕他俩，就躲到了墙角后面去。但有一次他们突然像朋友一样，欢快地从远处朝我大喊，让我到他们家去，说我的妈妈在等着我！

生活中竟然还有这样的事！你的敌人、折磨你的人，突然摆出另外一副面孔，转脸对着你满面春风，和和气气。（后来，我不止一次遇到过这种事。）

我犯起倔来，不相信他们的话。去敌人家里，还有什么妈妈？那个愁容满面的大婶和墙上挂的照片？但是他们喊："是你的妈妈，你的妈妈回来啦！从莫斯科！"

没什么可疑虑的了！我的头有些发晕。

但是，在街上混的孩子谁都不值得轻信。

他们是不是想哄我回家,再把我锁起来?或者送到保育院去?过去有个什么单位的两个大婶想把我抓去保育院,我像怕火一样害怕她俩。有一次,我和她们突然遭遇——我用手指甲碰碰一个人的后脊背,一边说"给点儿钱吧",突然她一个转身,我突然发觉,站在我面前的就是其中的一位,她好像从一场噩梦里突然醒过来,喊道:"原来你在这里!"

我那时候跑得有多快哟!

但这次我跟着我的敌人们走了。我们上楼,走过我们家门口,被我抛弃的可怜外婆和瓦瓦姨妈毫无指望地空等着我回家。我们又上了一层,我被带进一个房间,在那里的一张桌子旁边,坐着我自己的妈妈!

我呛得咳嗽了一下,幸福得放声大哭,好像给惹恼了似的。我有四年没见着这个我至爱的人,我亲爱的妈妈。她亲切的脸庞朝我微笑,但是眼睛下面显出两个酒窝。(妈妈感动得要哭的时候就会有酒窝,比如她分别之后再见到我的时候。我女儿现在也有两个一模一样的酒窝。)妈妈让我坐下,像喂小娃娃似的用勺子喂我吃碎米粥,这是她等我的时候专门为我煮的——加了牛奶、黄油和糖。我吐了。现在我还记得,后来妈妈给我洗了一遍,又把我抱进浴室。我像根又细又高的玉米秆,给当着大家的面费劲地抱走,叫我羞得不行。但是妈妈丢下我时我才五岁，她还习惯地认为女儿能够抱在手上。在浴室里，我的头发给剃了个精光，只剩一缕哥萨克似的额发。到了夜里，我们已经在飞机场那硕大宽敞的大厅里，在叫作"货架子"的木头帆布折叠床上铺好了最干净的床单，侧卧在几十个这样睡觉的人中间。我睡不着。床单上还带着院子里阳光晒过的新鲜香味！妈妈就在我旁边睡着，拉着我的手！

这是六月九号。我一辈子都记得这个日子。快黎明的时候，我们给叫醒，起来，上了飞机，飞机上的铁长凳子顺着舷窗排成一溜儿，就像现在的地铁车厢。我们飞了很长很长时间，飞机被抛来掷去，在气旋里颠簸，叫我的心沉到了脚后跟。

我们早上到了。我穿着一双棕色的新凉鞋，穿着短袜，我还穿了短裤、背心和鲜红的连衣裙！我还有一件棕色的长款格子大衣。我感觉自己像是舞会上的灰姑娘，飘飘如在云雾中。新生活开始了。

我向前奔跑起来。接下来我会讲到，前方并没有我的位置。

大都会饭店

我们坐公共汽车去莫斯科城里。那天一大早,天气阴沉沉的,我微微打了个寒战。我们站在大都会饭店对面小剧院旁边的一盏路灯下,另一侧的斯维尔德洛夫广场笼罩着一层薄薄的轻雾。可能是太阳尚未升起,也可能是我还没睡醒,我感到有些冷。妈妈还是那样拉着我的手,从重新见到我的第一眼看到开始就一直拉着,好像害怕把我弄丢了。

我从未让第二个人这样牵过我的手。

我现在还记得,空无一人的猎人商行广场在我面前展开,我们要穿过它去大都会饭店。我的曾外祖父,阿公,伊利亚·谢尔盖耶维奇,正等着我们。我很惊奇,十字路口的汽车怎么这么少。曾经,我在熟悉又亲切的军官俱乐部里,受到诸如《春之序曲》这类战利品电影的影响,那时一直期待和妈妈飞去的,至少也是纽约这样车流滚滚的地方!

但我们飞到了莫斯科。

我们来到阿公在大都会饭店的住宅。我当初是从产科医院给直接带到这里来的。我在这里度过了人生最初的几年。这就像是我的家。

但我在战后,在分别之后,已经成了一个完全不服管束的野孩子,差不多像是野生野长的毛格利①。用现在的话来说,我成了个没规没矩的"街妹仔"。我们在古比雪夫过的日子是被贬谪和被排斥的,是贱民、丑八怪的日子。"人民公敌"——这不是一个空洞的词——我们是邻居、警察、当局、扫院子的、过路人……院子里不分老少各种年龄居民的敌人。我们不许进浴室,不许洗衣服,连肥皂也没有。我长到九岁,没见过便鞋长什么样儿,不知道梳子、手绢、学校是什么,不懂什么是规矩。我不知道怎么才能坐着不动。我最常趴着读书,一目十行,生吞活剥。我吃东西也快如闪电,宁愿用手,一块连着一块往嘴里塞,然后伸出舌头把自己舔干净。我一年到头都光着脚。我没见过床单。虱子臭虫把我的两条胳膊从肩膀到手腕给咬了个遍,因此皮肤给抓挠得没剩下一块好地方。脚丫子和两只手灰扑扑的,裂着血口子,化着脓,满是瘀青和伤口,指甲黑乎乎的像只猴子。

只有头发和眼睛,大概还像从前透着孩子气。但是我的头

---

① 毛格利是英国作家吉卜林《丛林故事》中的人物。1967—1971年苏联导演罗曼·达维多夫拍摄了名为《毛格利》的动画片,讲述了一位印度男孩偶然被父母抛弃,在森林里被狼群收留、抚养长大,和他的动物伙伴经历了许多冒险的故事。

发都给剃了。

我妈妈得到的就是这样一个小女孩。

显然,我在大都会饭店妨碍了曾外祖父。他在那里只有一间房。而大都会饭店这样一个党的高级官员的聚居处,很少会有人喜欢这样一个外表粗野的九岁小孩。

妈妈出去上班,阿公忙于各种事务。我百无聊赖,十分想找些事儿做。

我一个人独坐着,开始翻腾书桌,在抽屉里找到了一个小罐子,阿公在里面装了些银卢布。这些银币真好看!

我坐到窗台上。

下面院子里,男孩子们一边乱跑,一边杀猪一样大喊大叫。

我从自己所在的高处,像个国王一样,朝他们抛掷银币。看着他们慌慌张张地跑来跑去,又捡钱又打架,我高兴坏了!

每一枚新扔下去的银币都引爆了他们疯狂的争抢和厮打。

他们已经怀着期待,仰头朝上看,我却心满意足地藏起来了。

第二天,我把阿公的玩具木马拖进走廊里。准确地说,这是那位已经飞走不见了的飞行员谢辽莎的木马。他是我年轻的舅公。此外,我把阿公沉重的布琼尼帽低低地拉到眉头上。(一顶带着一对长长帽耳和尖顶的呢绒盔式帽!)遮阳帽檐几乎抵到了我的下巴尖儿,我不得不仰着头才能看见地板。我还把阿公那把好好地挂在壁毯上的、重得要命的日本军刀扯下来,抓在手里,做出一副策马奔驰的样子,在大都会饭店长长的走道里犁地一样跑过来奔过去,一边两只脚踢着地板,一边嘴里喊着:"乌拉,同志们!冲啊!"

我发动了骑兵军进攻之后,并不知道大人们之间发生了什么。日本军刀太沉,举不动,于是被我用一根布条斜挎在肩上,丁零当啷地拖在地上……想象一下这番情形,在大都会饭店那些官员居住的走廊里,有个小姑娘又蹦又跳,乒乒乓乓、哐哐当当地把拼花打蜡的镶木地板又划又刮,两脚乱蹬,只看见一顶巨大的布琼尼帽骑在玩具木马上跳动,身后叮叮当当地拖着一把日本刀。我那时又瘦又小,后来在保育院里给起了个绰号,叫"莫斯科火柴棍"。

莲娜奇卡·韦格尔

大概因此，妈妈赶紧把我从大都会领了出去。简而言之，阿公的家人请求过我们。妈妈第一次把我转送到银松林，送到别墅里上了年纪的阿妈（这是她的绰号）那里，她差不多算是我们的亲戚。我是她认识的一个人——谢辽沙·苏金——的非婚生儿子的表侄女。阿妈曾经在喀山租给这位苏金一个铺位。他从一个小城来投考普通中学一年级，在那时候叫作"寄宿租客"，也就是说，铺位是带管饭的。他就在阿妈的照管下长大。

这位阿妈家里还有几个她自己的孩子，谢辽沙·苏金却成了最受疼爱的那个。他成了一名革命者，娶了十六岁的莲娜奇卡·韦格尔（她后来，在过世之后，成了我的姨婆[①]）。天使般的莲娜奇卡搬到丈夫的房间里一个人住，因为他工作很忙。她那时候也已经有了职务，要管理一所"幼儿中心"（就相当于现在的托儿所）。一次，莲娜奇卡走进来，低下头，看见她

[①] 莲娜奇卡于1937年9月在家人不知情的情况下已被处决，而"我"要到1938年才出生。

的短衫上缺了几个扣子，只剩下些布条空挂着（那时候的扣子缝在布料上，常常沿着领口到半身裙排成两排）。莲娜奇卡就说："我有几粒扣子掉了。"阿妈已经喜欢上了她，回答说："没事儿，我来缝上。"

前不久，我才听到下面这个故事，大约发生一九二五年。一个星期天的早晨，妈妈柳利娅病了，在瓦利娅外婆的大都会饭店的家里，大概是得了猩红热，所以得隔离另一个小孩。瓦利娅外婆就带着瓦瓦姨妈（她那时快十一岁）来到了民族饭店的莲娜奇卡妹妹家里。莲娜奇卡那时是一位大领导的秘书处负责人，在民族饭店二楼有一间房，位于主楼梯右边通道的第一扇门。那天是星期天，莲娜奇卡的房间里什么吃的都没有，连面包也没有，因为克里姆林宫的所有工作人员都在那里面的食堂就餐，他们还会另收到一份干食盒当作晚饭。（结果之后的数十年间，号称是从克里姆林宫食堂派发给"特定人员"——实际上是市里内部商店特供——的所有东西都被叫作"干食盒"了。鸡肉、水果和蔬菜、鱼子酱和干鱼块，甚至最软的面包以及特供的牛奶都算。）

小瓦瓦站在妈妈把她丢下来的地方。这时，既没有预先通知，也没有敲门，那位大领导直接闯进了莲娜奇卡的房间，应该是他也有一把钥匙。他目不斜视，径直往左，朝卧室最里侧的床龛①走去。莲娜奇卡大声对他说，她有一个小侄女在这儿做客呢。而小侄女此时像根柱子似的呆站着，瞪大眼睛看着大领导的鞋——他脚上蹬着一双乡下人才会穿的套鞋，没有鞋带，却有鞋舌和侧边的松紧带。大领导身着城里的西服三件套装，脚上却穿得那么奇怪。只有坐车进城赶巴扎的农民才穿暖鞋。是的，大领导的暖鞋上了漆，这都让小毛孩大为好奇。她确确实实无法把眼睛从这位如此重要的大领导的暖鞋上移开。他就从床龛那里向小女孩说话，问她喜不喜欢莫斯科。莲娜奇卡后来和我们解释道，这领导在乡下有好些个孩子，他们常常从乡下到这儿来。而当时，莲娜奇卡正抓住一把椅子，把座位转向前方，自己站到椅背后面，使出种种纠缠她满脸大胡子的爷爷的招数，把大领导从床龛里引出来，不让他再靠近自己。她一边耍着手段，一边告诉他，这小姑娘住在莫斯科，住在大都会饭店，根本不是从乡下来的。

　　成功地把那位大领导搡出门外之后，莲娜奇卡曾有一次当着姐姐的孩子们的面对姐姐说："你哪知道这多难呐。"大领导比她大二十五岁。从各方面看来，当时那帮大人物都能在跟自

---

① 俄式建筑的特色，卧室内侧墙壁会再向内挖进去一块，刚够放下一张床，有点类似于室内窑洞。

己的女同事们相处时完全放开，无所忌惮。卡冈诺维奇——待会儿我们再谈他的姓氏——也当着瓦瓦的面来找过美人儿莲娜奇卡，也被撵走了。

阿 妈

但我们还是回过来讲阿妈吧。从谢辽沙·苏金上中学一年级开始,到他被枪决,她一辈子都没有离开过他。后来阿妈跟苏金的第二任妻子菲拉一起生活。莲娜奇卡差不多也是在那时候被处决的,跟她第一任丈夫谢辽沙一起,在一九三七年。

这么些年来,阿妈依靠给整个太太圈子缝衣服挣钱谋生。她能用手工缝出来心里想的任何东西,不过最在行法国款式的胸衣——她有一位女客人到巴黎出了一趟差回来,阿妈立刻就拓了纸样。

阿妈有段时间特别难受,因为十六岁的莲娜奇卡在家就是谢辽沙的小娇妻,什么也不吃,只"晃荡着两条腿"。这说法是这么来的:莲娜奇卡在娘家韦格尔那里是最小、最受偏疼的没娘孩子,母亲过世的时候才两岁。犹太人家里,最小的又没了母亲的女孩总是整整一辈人疼爱的对象。只要有一丁点儿风吹草动或者稍不如意,莲娜奇卡就会歇斯底里地发作,倒在地上两腿乱踢。用阿妈的说法,这个就是"晃荡"。可是,十六岁的莲娜奇卡到了喀山,立刻变成了党员和负责人。

我和阿妈还有一层雅科夫列夫家的亲戚关系。谢辽沙·苏金这位了不起的部队首长后来跟漂亮的女演员，科利亚外公的妹妹玛利亚·雅科夫列娃有过一段罗曼史。玛利亚像所有雅科夫列夫家的人一样，个子很高，接近一米八。因为不论哪个剧组里的男搭档对她来说都嫌矮，所以她转行当了戏剧教员。她跟苏金的罗曼史的结晶是谢尔盖·谢尔盖耶维奇·雅科夫列夫，一位人民电影演员，曾在电影《阴影在正午散去》里出演过角色。我外公把谢辽沙当作儿子一样送他去戏剧学院里念书。我跟阿妈就是这样的亲戚，外婆外公两方面都有亲属关系：我既是苏金第一任妻子的姨侄孙女，也是苏金私生子的表侄女。

善良的阿妈就这样接纳了我。年纪老迈、个儿小小、腰背歪斜、身子佝偻的阿妈带上了我，就像带一个旁人的孩子，一个字也没说。屋子里满是人，还有她的孙辈、曾孙辈跑来跑去，可是我跟谁也不认识。我用不着认识。我没时间认识。我想偷听我妈妈跟阿妈说的话，可是她们进屋子了。

根据各种迹象推断，妈妈后来跟阿妈说好了，她跟我吻了别，眼睛下面又显出两个酒窝，那预示着要哭了，然后就坐车走了。我提前仔细记住了我们来时的路，就差像拇指男孩那样用白石子画下标记了：先从地铁转无轨电车，然后下了无轨电车，不一会儿就到了别墅的篱笆门。只要跑到车站，坐上那趟有轨电车，就可以回到妈妈那里了。我估计，要是坐车回到了下车的地铁站，那里的人都会知道卡冈诺维奇站在哪里。但事情完全不是那么回事儿！我现在还记得人们满脸慈悲的表情。他们聚成一小堆，朝我弯着腰，回答说，所有地铁站都叫"卡冈诺维奇"[①]！

莫斯科闷热的夏天开始了。时间渐渐到了傍晚，太阳低垂在天边，阳光照着我的脸，很刺眼。

"不，"我对他们说，"那里有一座房子，上面写着'卡冈诺维奇'！"

"所有的，所有的地铁站都写着卡冈诺维奇！"人们异口同声地回答我。

人们甚至把我带到"索科尔站"来证明这一点。果然，我在一座完全不认识的房子上准确地读到了"卡冈诺维奇"这几个字。

也就是说，就像阿拉丁的故事里讲的那样，他用同一个标记给所有大门做了记号！让他倒大霉吧，这个卡冈诺维奇！人们问我住在哪里、知不知道自家地址。我觉得，他们已经准备

[①] 莫斯科地铁最初通车于1935年，当时的整个地铁系统以时任苏联人民交通委员会人民委员的卡冈诺维奇的名字命名。1955年改以列宁的名字命名。

把我交给警察和孤儿院了!

就在这时候,我忽然找到了出路,从脑子里挖出来一个词——"大都会饭店"。感谢上帝!所有人都如释重负地笑起来,把我送进地铁,甚至有人说服卖票的放我这个可怜的、走丢了的小姑娘免费进站!(看来,我已经编了不少自己的故事,对这些轻信的莫斯科人撒谎说自己是个没爹没娘的孤儿,已经饿了六天。)很快,我又出现在大都会饭店了,就像走丢了的拇指男孩那样胜利归来!妈妈得知我又到了曾外祖父家,大为吃惊。后曾外婆,也是阿公的前妻,依然跟他比邻而住。这位后曾外婆似乎也大为惊叹。然后,我又从阿公身边给带走,很快被送进了少先队夏令营。

夏令营

我本不该从那里跑走的。我们坐了轮船,后来又下船,给领着在傍晚潮湿的草地上走了很长时间。太阳已经西沉,晚霞漫天,草原巨大无比。空气中有被晒蔫了的青草的气息,蚊虫的轰鸣,提着箱子背着背包的人群的喧嚷——他们很多人都比我大。天色暗下来,可怕。他们会揍我。记路也没有用。

我平生第一次身处一个巨大的空间,却没有可能找到自由。

在营地那里,在集体之中,有一些自己的法则,而且看起来,我并不知道那些法则。这不是野蛮的大院里的那些(挨打就要赶快跑,吃的都得自己找,弄到立刻吞下肚;该抢就要抢,还得会躲藏;以牙还牙,谁都不信;万一有人来喊你,任什么缘故都别去)。

在营地让我吃惊的首先是一天吃四顿(可我还是会按着习惯,把面包悄悄存下来,藏进小箱子里),有干净的床单睡,每个人有自己单独的毛巾用,一周一次在公共浴室洗澡。真让人难为情,上厕所也是一排蹲坑而不是躲到墙角后面。还有长长一溜排开的铁槽,每天晚上用来洗脚。还有,无论去哪儿都要排着队！一天四次去食堂，两次去卧室，日常横列集合两次，节日再加一次。去林子里也要整好队才出发。

营地的人一下子就看出我不是少先队员，而是一名九岁的无党派人士，于是把我接收入队，戴上少先队的红领巾。但是，他们很快又隆重地列着横队，敲着队鼓，把我开除了。我现在都不记得是什么缘故了。可能因为我总是打架，更可能是因为我太野了——我还没说过，我从没在任何学校的任何年级里上过学呢！

我在这里把自己的所有东西都弄丢了，只剩下一套少先队的节日礼服，上身是一件白衬衫，下身是条带背带的深色裙子。一定是因为我一直把它们放在箱子里存着，所以才没丢掉。哪怕是这样，一条背带的扣子也给弄丢了。于是我只好把背带掖在裙子里，而它总是从裙子下摆掉出来，因为夏天雨下得不少，经常湿漉漉地耷拉着，像一条长尾巴。自然地，大家总是嘲笑我。

我现在还记得，为了摆脱这些吞噬一切、无处不在的困难，我藏在一蓬灌木丛里，给自己树了一个偶像——其实就是折了一根嫩树枝，插在松树下的泥土中。我向它鞠躬，跪在它面前，向它拱手，虔诚地祈祷。我在古比雪夫的时候还没有信神。我自己明白，神是有的。那时候，我的信仰只体现在打哈欠之后悄悄在嘴上画个十字（这是我有一次乘坐有轨电车，在一位老太太旁边偷看学来的）。我把我的"木制神像"——那根没有刻好的小棍子——用一朵小小的花儿装饰过，还给它绕了一圈花环，可花环很快就枯萎了。

我之前的生活教会了我，在吃的问题上一定要特别节省，所以我把妈妈给我的发硬了的饼干存在床背板后面。那是她给我随身携带的，我则留了起来以防艰苦的日子。我把它看成圣物，当成对妈妈的纪念。有一次，一个专门小组来到卧室里，带着嫌弃又羞耻的表情把它从袋子里抖了出来。袋子是妈妈用我的绒布马裤的裤腿缝的，这也让他们带着一副嫌恶的表情大惊小怪了一番。

老天爷，我在那里可真难受啊！

夏令营在我内心培养出对考察、测验、集体主义的憎恶，同时还有伴着《军人进行曲》走队列时的极度兴奋（简直叫人让人热泪盈眶）。夏令营既培养了个性的谦逊，令我厌烦和鄙视各种表扬，宁愿继续躲藏起来，也培养了相反的品质——渴求加入绘画、唱歌、跳舞、演剧、朗诵诗歌、用绷带和碎麻布条给自己做套装和假发（我们常从木头板棚的墙壁上撕扯碎麻丝）等各种小组。我还想出来一个办法：先用绷带缠住头裹好，不用照镜子，接着胡乱估摸着，直接用针在头上把碎麻布条缝到绷带上去，然后再脱下这顶成了形的帽子，把漏了的地方缝补一下就完成了。

我就用这个办法，在夏令营的狂欢节上给自己缝了一套小丑的装束——一头蓬乱的假发，一只用甜菜疙瘩涂成的红鼻子，一把从厨房里偷出来的长柄勺充当雨伞。我拄着这把长柄勺，好像拄着一把雨伞似的，一边闲逛，一边蹦蹦跳跳，期望能得头奖——他们说，会奖励果汁，让你喝个够！但根本没有人在意我。于是我自作主张，开始四处搜寻。（"这果汁一定藏在什么地方。"）果然，我在厨房的墙根找到了一大桶果汁！长柄勺正好派上用场。我舀了一勺，看起来颜色发深，稠稠的，使足劲儿喝了一大口，心里暗自高兴，这一桶就归我一个人，谁也赶不开、推不走我了，更不会嚷嚷说："你又没得奖，凭什么喝果汁？"

实际上，这桶里装的是洗甜菜和胡萝卜的水，可能还洗了土豆，有一股脏乎乎的、难闻的块根味儿。这是集体主义给我这一辈子的教训：切记不要指望自己单枪匹马就能白白得到什么好东西！还有：如果周围没人扎堆，那就是说这儿准没什么好处。没有人堆的地方一定没什么可寻摸的。

此外，夏令营发展了我对公平、罢课、抗议、固守自己立场等等的病态向往，还有对诸如偷几根公家的黄瓜之类的小伎俩的爱好。还有，孩子们的规矩则会禁止探头探脑、小气吝啬、毁谤告密、偷窃个人财物。（公家的才可以偷，因为大家都这么干。）

我给送回妈妈身边时，手里拎着一只空荡荡的箱子，身上穿着一条拖着两根尾巴的半截裙子。快到夏天结束的时候，裙子的两粒纽扣都丢了。后来我才知道，妈妈给我安排了三期夏令营。

契诃夫大街·科利亚外公

之后,我们把窝儿安在科利亚外公在契诃夫大街二十九栋三十七号的住宅里。那里还住着一位离了婚、带着个女儿的继外婆,她那时已经是科利亚外公的妻子了。她们竭尽全力要赶走我和妈妈。四十五岁的干瘦小老太太,妈妈的继母,是我们俩不折不扣的噩梦。妈妈每个月都被传唤到法庭,回应继外婆要求我们迁出住宅的诉讼。

外公和阿公一样,也有自己的房间,但小了一半,只有十二平方米,不过天花板特别高,足有四米多。他的五千本藏书摆在书橱里,一本摞一本,直顶天花板。他有一个专门放《圣经》的书橱,最大的一本是浅色猪皮装帧,带个银锁扣,我都拿不动。还有第一版的《鲍里斯·戈都诺夫》。一套《叶甫盖尼·奥涅金》摆在一个上漆的纸盒子里,轻薄的纸页,绿色的纸封面,每一章都是单独的一本。后来古籍书店的定价员说,这套书曾经属于叶尔莫洛夫将军[1]。妈妈后来悄悄卖掉了

---

[1] 阿列克谢·彼得罗维奇·叶尔莫洛夫(1777—1861),步兵上将(1818)、炮兵上将(1837),1790—1820年参加过多次著名战役,是当时重要的国务活动家、外交家。

它——因为我得了咽峡炎、上颌窦炎和额窦炎，病了很久，所以她需要钱带我到波罗的海沿岸去疗养。外公的藏书中，我当时在读的只有一本，它是十八世纪克拉申宁尼科夫写的《堪察加大地记》。它有一股旧纸独有的酸味儿。那时的我根本别想读完其他四千九百九十七本书，因为它们都是外文的，包括歌德的德文全集，带有多雷①创作的令人毛骨悚然的铜版插画（比如他画出了那些头上长角的人）。我之前已经提到过，外公是一位教授，除了懂十一门语言之外，还懂高加索地区近七十种民族方言，因为他给这些方言编制了字母表，还给其他几个阿乌尔村落的方言完全重新创立了文字。高加索地区那些使用阿拉伯文字形式的方言，都改用了拉丁字母表。

人们认为，科利亚外公是一九二三年的音位理论创始人，也是将数学方法运用于语言学领域的奠基者。《大百科全书》中收录了外公。不久前，我在《独立报》上读到了他的另一个尊号："字母表之父"。他早在二十世纪二十年代就将西里尔字母转换为拉丁字母。斯拉夫学学者、俄罗斯的语言学家和东方学学者都知道他。

---

① 古斯塔夫·多雷（1832—1883），法国著名版画家、雕刻家和插图作家。他受邀为《圣经》及多部世界名著创作插画，成为闻名欧洲的插画家。他的《神曲》插画被赞为"完美反映出作者的意图"，《堂吉诃德》插画更是达到无法逾越的高度。

科利亚外公是一位身高近一米九的大高个，穿四十六码的套鞋，鞋里可以装进我的两只脚。他是一位伟大的沉默者。他的前妻时不时地会想要把自己接二连三的坏心眼塞给他，每当那时，她就用中指关节敲着外公的肩胛骨："科利亚，可以来找你谈谈吗？"

他最喜欢做的事情是细细端详古老的欧洲地图。这是后来的事了，因为他已经被各家单位"解职"（其实就是开除）了。可他曾经是东方研究所的副所长。他变得一文不名，坐在过道的圈椅里度日，抽着白海牌香烟，吞云吐雾。他的学生以及和他共同开创伟大功业的战友都把他晾在了一旁。他用优秀书法家的笔迹在灰纸上写下成卷文章，或者翻看自己喜爱的外国地图——那里的地标甚至精确到了村庄，而他呢，看起来，正在沿着图上古老的道路神游。

外公被解职，是因为他没有立刻对领袖那本反对马尔的小册子表示赞同。这件事我已经说过了。

丢了工作之后，他不再睡觉，而是夜复一夜地躺在自己的钢丝床上，一边使劲捶打自己的一只膝盖，一边骂人，大喊："贝利亚什卡！维诺格拉什卡！奇科巴什卡！"

后面的两位，维·弗·维诺格拉多夫和阿·斯·奇科巴瓦都是他学术上的对手，根据种种迹象推断，他们在他被解职一事中起过作用。至于第一位，我以后会说。在他失势之后，邻居们都把我外公看成一位远见卓识之士，开始迷信般地敬重他。

外公在被赶出研究所的那些年里，每夜会抽两包白海牌香烟，偶尔小声而无力地咒骂几句。我们的小房间里，烟浓得像堵墙。我学会了用胳膊肘堵着一只耳朵睡觉。

外公花光了所有东西。

他已经被剥夺了科学院通讯院士的称号。他成了一名普普通通的教授，一边养活自己的前妻和患巴塞多氏甲亢病的年幼女儿，一边接济另一个小家庭——我们院里的红头发胖大婶法伊娜和她女儿。他每个星期天到她们家吃顿中饭，饭后睡一觉。我也跟他结伴一起去吃中饭（她们会为我们做两道主菜，外加水果甜汤！），然后给躺在沙发上的他盖上一块小被子。有一次，我一口气吃完了一整罐樱桃甜汤。那是我第一次看见这样的宝贝。殷勤好客的法伊娜一个字也没说。我就吃啊，吃啊，从来没意识到这东西这么好吃，连嚼都没嚼，就一勺接一勺，把凉丝丝的甜果肉直接带着核儿囫囵吞下了肚。当夜我就犯了急性阑尾炎，发起高烧，给送进了儿童医院，推上了手术台。医生和护士一边跟我聊闲话让我分心，一边把我的手脚绑在手术台上，往我的口鼻上扣了一只面罩，送来难闻的乙醚气（而不是甜丝丝的空气），弄得我肺里非常难受。我好像一个即将受刑的囚犯，起初又是挣扎又是喊叫，口齿不清地央求他们让我好好喘口气。他们给我喘了一口，立刻又无情地把乙醚面具捂回我脸上。这次行刑一直持续到手术结束。我简直要憋死了，感到喘不过气来，开始乱顶乱撞、不停呻吟、拼命大喊、使劲哭闹。但我被牢牢地绑了起来，应当放弃斗争、缴械投降、彻底松弛并且死去。不知不觉地，我陷入了一片神奇的境地，感觉自己在一条宽阔的隧道里飘荡。不时地会有一束光像雨丝似的斜着打过，仿佛带着又辣又呛的气味，弄得我的喉咙、鼻子一块儿疼起来。我继续飞着穿过隧道，光柱从四面八方斜射过来，耳畔一直令人难受地嗡响着，不知是哨子的尖啸还是钟声。隧道尽头，那光线刺得我快瞎了。我歪着身子，不由自主地靠向那里，同时一直有个吱吱响的东西，在呆板、机械地扎向我，那都是染着毒的、锋利的、尖锐的、能刺透一切的长针……是的，就和通常人们说的一样，这是一整幅医院的死亡图景……

除了书，外公的房间里还有一张带钢丝网的窄双人床（比普通双人床窄，比单人床宽），床背上有几只镀镍圆球。还有一张巨大的红木书桌，一张圈椅，一个书橱，上面有几个可推拉的文件夹，每个夹子都缠着几根丝带。还有一张大方餐桌。

但求安身

从一九四三年考取戏剧学院起，我妈妈就一直睡在这张桌子下面。它有一个巨大的毛病：它在离地五十厘米高的地方围着一圈厚厚的木条，所以睡觉的时候，要么把两腿架在木条上面，这样不仅别扭，而且很痛，要么把脚费劲地从它下面塞过去。因此，妈妈用上了外公留在门后公共走廊角落里的大箱子，在那上面给我弄了张垫子。我兴高采烈地睡在那里，完全一个人（我几乎从没有过这样的待遇），听着音量各不相同的咕噜声、窸窣声（每个房间都有自己的音量）。但这只持续了两晚上。第三天，邻居们在继外婆的带领下，把外公的大箱子从走廊里搬走了，在大箱子的位置放了一个她自己的大橱柜。我便跑去睡到桌子下面的地板上，贴着妈妈的腰窝，感到非常幸福。这是我们的小屋。孩子都喜欢住在桌子底下。我们头顶的桌面上摆着妈妈的几只小煮锅、一只煎锅、一点碎粮、几本书、做凉拌菜的一只小钵子、几个盘子。这就是我们的全部家当。睡觉的垫子旁边也堆着一些东西。

可是那位继外婆不让我们安生。她想出了一个新的主意来摆布我们的生活。很快,来了几位搬运工人,要把这张桌子抬到房间外面(因为继外婆的别墅急需这张桌子)。妈妈一边哭,一边伸手捞起桌上散落下来的东西。我像个骁勇善战的小兵,紧紧抱住一条桌腿不松手。我们的世界崩塌了。继外婆站在门口,断然下了命令。心满意足的邻居们一脸无辜地在走廊里走来走去。桌子终于搬走了。我们留在一片空荡荡的劫后废墟之中,所有的家什都散落在地上,像是经历了一场轰炸。

妈妈像一只坚定的小锡兵,没有屈服于命运的打击。她哭了一场,擦去自己的和我的眼泪,突然眼神直直地盯住这片崭新的空地。她动手拿起一根绳子,一番前后比量,在纸上写写画画。结果,她很快买回来一只小书桌和一张床,而且它们和我们一样,刚巧能在这狭小的空间里安身!真的,这张床很巧妙:白天它能靠墙折叠起来(咱们的工业部门很清楚地知道他们要为这类狭小的空间生产些什么样的物件),到了夜里就把它放下来,支起床腿儿。也就是说,白天我可以坐在床边,趴在桌子前面吃饭做功课,到了夜里我们就像别人那样躺直了睡觉。当然,那依然很挤,两个人要睡在八十厘米宽的地方,毕竟我也不是小孩子了,更不是个安静老实的孩子。终于可以躺下来睡觉令我倍感幸福,一定要满床滚来转去,头抵着枕头,两只胳膊乱舞,尽情欢叫,释放我的兴奋。这被妈妈叫作"发狂犬病"。别发狂犬病了，妈妈反复说着。而且，我在夜里可能也不安分，因为妈妈抱怨我指甲太尖。我跟她同床又睡了七年，直到我真的长成了一个大人。等到那时，妈妈给我搞到了一张折叠床，而且她又想办法，让它也能在房间里刚巧安身！就为这个我高兴了好久——我终于有一张自己的床了！

继外婆还有许多壮举，我只再提一件。有一次我生病发烧，躺在外公的床上。家里除了这位后母就没有别人。在一个美妙的瞬间，我忽然觉得，天花板好像跟着墙壁一起歪斜摇摆着，朝着我倒下来了。我跳起来，跑出这间可怕的房间，发着烧，浑身大汗，沿着走廊飞奔，想找个什么人，突然，我猛地撞进了继外婆的怀里。我对她抱怨起天花板和墙壁，而她用瘦骨嶙峋的手抓住我的肩膀，把我推进房间里，关切地照料我躺下，然后一转身，出去就把房门从外面锁住了。锁住了！我现在不记得我做了些什么。踢了门？大概吧。哭了吗，喊了吗？我闹腾了多久，又是谁给我打开了门？

这种恐惧，大概只有古比雪夫剧院里，那场儿童剧给我留下的印象可以一比。想来我那时还很小。舞台上出现了永生不死的科谢伊。他预先躲在舞台后方的一扇门后面，然后这扇门打开了——在令人害怕的绿莹莹的灯光中，一个形容枯槁的老头子趴在地上，身上长满了乱蓬蓬的苔藓，链条哗啦啦地直响。他一点点爬起来，缓缓站起，身体变得越来越高，越来越大……我绝望地大喊起来，叫声响彻整个剧院。他好几次在梦里朝我走过来。有一次（也是在梦里），我沿着空荡荡的街道，走在人行道上。那好像是黎明时分，房子都是黄色的，不高。我看见一座房子，门上的小窗里露出熟悉又阴险的绿光。那扇门仿佛马上就要向我打开了。我立刻扭头跑开，看到一位过路人便追了过去，急切地对他说："叔叔，赶紧掐断我这个可怕的梦吧。"然后我醒了。

（我看到布努埃尔的电影《资产阶级的审慎魅力》中就有一个非常相似的场景，是一场士兵的梦境——他沿着空荡荡的街道走着，两旁是低矮的房屋。这是一座死城，单元的门透着亮光，土从天花板上窸窸窣窣地撒下来。后来我写了一篇关于死城的短篇小说《黑大衣》。故事中，一个女孩沿着一条街跑着，只有她一个是活人。）

保育院

得找个地方把我送走，至少弄去上学。

于是，妈妈给我炸了些白面包片在路上吃。她就这样把女儿送去了巴什基尔，跟一位阿姨同路，送进了一所专为体弱的孩子开的保育院。

那是一个秋天。我们坐了几昼夜的车，一路上我总是拿出妈妈炸过又软掉了的面包片，分给所有人吃。我们下了火车之后，不得不从火车站步行走去城外。我到现在还记得那片金黄的树林——我们就是沿着它前往保育院的，记得那座公园、发酵的落叶和烟雾的气味，以及河岸边新鲜凉爽的空气跟河中绿苔的气息。保育院是一座两层宫殿式别墅，坐落在乌法附近一条小河的高高的河岸边，小河名叫乌菲姆卡。

（那时候，用作保育院和少先队员之家的建筑确实都是宫殿，用作精神病医院、劳教营和监狱的也真的都是修道院。）

得知我会读会写之后，他们一下子就把安排我到了二年级，给我发了一本练习簿。我平生第一次抓起笔，把它蘸饱墨水，郑重其事地开始写字母。

一位女老师走过来，说：

"你怎么从中间开始写？得从每一页的开头写起。"

我于是毫不在乎地撕下这张纸，来到下一页，还是在正中间写上了日期和"课堂作业"四个字，就像扉页上的书名。它们本该是写在第一行的……

老师走过来，看了看，再让我重新写。我又从中间起笔。她的耐心崩塌了——结果我给带到了一年级……

我在一年级里成了绝对优等生。这并不妨碍我继续"表现不良"，就像在夏令营里那样。而且，鉴于我已经是一位少先队员，他们又把我赶出了少先队！

我现在还记得，我得了咽峡炎，被送到了医务室。它那时还叫作"隔离室"。我躺在干净的白色病床上说胡话。我感觉，自己是被关起来的，只有我孤零零一个人，绝没有第二个。非常可怕。看到邻床下面有一只小小的老鼠，我忽然高兴起来，把藏在枕头底下的面包拿出来喂它。它用两只前爪捡起面包，像松鼠似的坐在尾巴上吃起来！

在保育院那里，我们准备迎接新年。我们的保育员都是列宁格勒人，她们在围困时期和孩子们一起被送出遭到纳粹封锁的城市。她们和我们一起安排了一场真正的新年音乐会——这可是一出大戏！我打扮成茨冈姑娘，穿了好几条五彩斑斓的裙子，戴着一条头巾，在合唱队"啦啦啦"的伴奏声中坐在地上唱歌。我单薄的胸前挂了一串枞树形状的玻璃珠项链。后来我跳了一支舞，裙摆全都飞起来了！

其实吧，每年只要伏尔加河里的水位降低，我们都会看见流浪的茨冈人。他们把临时的大帐篷扎在我们这边的河岸上，煮起浓汤。这把我们也吸引过去了。篝火噼啪作响，一头熊拴着链子坐着，鼻子上戴着鼻环。脏乎乎的孩子们穿着撕破的连衫裤拼命疯跑。（有个小娃娃蹲着，任凭衣服的破洞烂在外面。他干完了自己的事儿就跳起来跑开了。）我现在不记得他们是怎么跳舞的，但我在保育院跳的舞跟他们的一模一样。

此后，我的屁股后面忠实地跟来了平生的第一位男伴，他是女老师家教养良好的儿子，一个白白净净的二年级男生。我对他很矜持，就像颇有家教的贵族小姐那样。我甚至连一次架都没跟他打过。

遗憾的是，我没什么可以穿去散步的衣服，快要冻坏了。于是我写了一封信给妈妈，请她给我寄一件大衣和一双毡靴来。奇迹居然发生了，妈妈给我寄来了一个巨大的包裹，里面是一件天鹅绒的保暖大衣和一双毡靴！（这是我远房表姐玛丽什卡·韦格尔不穿了的，一件美国大衣，人造毛皮的，右边还有一大块黑墨水渍。）我穿上这件了不起的、又暖和又舒服的衣裳（穿上它可以到雪地里打滚），欣喜若狂，然后在池塘的冰上奔跑转圈。毡靴让我发了疯！两只脚真舒服，真开心啊！就在这时，我的一只脚突然踩进了一个不起眼的小冰窟窿。穿着毡靴的脚绝望地陷下去。我只好坐在冰上，拽了一会儿那只不听使唤的毡靴。不知为什么，我喊了一声"乌拉，同志们！"，因此没有给人及时拉起来。人们仿佛都没发现我只剩一条腿了。等我被拽出来时，那只毡靴已经沉到了水底……

快到春天的时候，孩子们日渐减少，他们被送回了各处。五月里，最后一批也给送走了。体弱儿童保育院开始过暑假了，又或者，它根本就是被解散了。战后那几年里没有收成，到处闹饥荒。保育员都分头离开了。我的朋友也被带走了。我跟玛尼娅一起待在一年级，她是一个十四岁的小姑娘，身体弱得几乎连笔都握不住。她个子高高瘦瘦的，穿得很破，一双眼睛又大又黑。她也被带走了。

我们坐落在乌菲姆卡高高河岸边的大房子也空了。它给关闭了，只剩下一个女看门人和一个农夫。我跟他们一起住在一间小屋里。他们说巴什基尔语。（从那时候起，巴什基尔语的数字在我脑子里储存了很久。我到现在都记得这些数字，能一个一个地报出来呢。）

女看门人和她的农夫在林子里采雪花莲拿去卖。我跟他们一起去，帮着他们采。我努力参与到这种现在我依然弄不懂的生活之中。

我们在一片巨大的林中空地上采花。在清晨的树荫之下，太阳还没有升到高处，四周是高大的树木，空地上满是露水。我们在清晨采花，整篮整篮地采。那里有一种深蓝色的草，草丛里开着白色星星似的大朵的雪花莲。应当采摘那些还没开放的花苞。

我已经能听懂两个巴什基尔人的谈话了。（我都在当地人中间生活了八个月了！孩子们很喜欢弄懂别人的语言，也很容易掌握它们，好理解一切、探求一切、掌握一切。孩子们没有信息可不成——他们是天生的侦探。）这两个巴什基尔人几次说，我大概要给转送到另一所保育院去，但去哪个，还不知道，还没分配下来。因为我妈妈没带我走，不要我了。

我不相信这话。后来我了解到，我们家的人只不过都是些去哪儿都迟到、都赶不上趟儿的人。甚至韦格尔家的人在去路德会教堂接受洗礼的时候也迟到了。（那一次，年轻的阿公和他的夫人阿霞，因为已经有了包括我的瓦利娅外婆在内的一窝非婚生子女，所以打算正式结婚，给自己的后代合法身份并且送他们上学。）就连结婚这样一件最为重要的事情，韦格尔一家子也严重地迟到了。不过，恪尽职守的德国牧师一直等着他们，只是礼貌地用俄语式发音的德语问了句：怎么这么迟。①

白天，我会一个人在几片树林里逛荡。那里有个吸引人的东西——普加乔夫洞。洞窟的入口是一条位于陡峭悬崖上的狭窄缝隙。人们说，那里面有一片巨大的空地。我试了很长时间，勉强钻了进去，但不知什么忽然阻止了我，不让我再往里走。也许是一种不要进入密闭空间的本能。可是在树林里，我偶然走到了一栋小屋旁。那是一栋不大的别墅，窗边坐着一位妇女在抽烟。我请她给我一支，她就递给我一支烟和打火机。我非常在行地扮演起抽烟女郎，完全没有咳嗽。那妇女兴致盎然地睃了我一眼。这位漂亮太太是从哪儿来的？

我现在想，要是我那时留在那片树林里，她没准会收养我当女儿——我跟她也瞎编了一通，说我是一个孤女，没有一位亲人在世了。

---

① 原文是以俄语拼写的德语：Warum so spät。

我想活

后来，还是来了一位阿姨把我接走了。我那时已经读完了一年级（我已经十岁了！），还是一名不折不扣的优等生。我被她们从乌拉尔给带回了家，一路上换了几位同行的阿姨。我还在一位不相识的大婶家里过了一段时间，直接睡在她家地上。我感觉她可怜我，因为她也表示想要收养这样一个出色的、胡编一些天知道是什么鬼话的孤儿当女儿的愿望。确实，我常给素不相识的人们讲我自己的故事，这事儿（看起来仿佛）神不知鬼不觉，没有一个人知道。

但是我不让人家收养我当女儿。我会马上把她当成一个企图侵占我妈妈财产的人，立刻就不喜欢她了。我把妈妈当成神一样。她美妙的身影——如果说得诗意点儿就是——分分秒秒停驻我心，未曾离开，温暖着我这个保育院的孤儿（尽管我的爸爸、外婆、外公、姨妈和姨婆，那么多堂的、表的姑妈、姨妈、舅舅、叔叔都还活着）。我的生活只有一个目的，就是和妈妈在一起！

我刚被带到莫斯科，就立刻出发去少先队的夏令营里过了三个月。这又是一段极为困难的再教育过程。在保育院里，我已经被看作优等生和演员得到了尊重。可在夏令营，我又被开除了——他们先是被解除了我的少先队委员会主席职务（我现在猜，当时我能够选上主席，大概是因为最初那几天的我表现出了难以置信的积极性和模范性吧），然后把我退了队，还是在大家排好的队伍前，当着所有人的面，给从少先队里踢了出去。显然，那是因为我总在打架、不守纪律，等等。我自己的短袜子、凉鞋、梳子、丝巾和几块手帕在进入营地的头几天就不见了踪影。很快我就被罚去低年级队。我刚刚加入他们就兴奋地参加了一场群殴，脖颈狠狠地挨了一下子。我就这么按照自己早已习惯的方式继续生活。

唯一的安慰来自艺术。我报名参加了合唱队、戏剧小组、绘画小组、舞蹈小组。我期望以自己的种种才华在这个夏令营团体中，在战时孩子们的集体里，获得大家的认可。这些孩子都是在完全饥饿的条件下、在学校纪律的培养中成长起来的。

但我现在想不起有哪位孩子因为唱歌和绘画赢得了别人的尊重。他们对演员和歌手都很轻蔑，就像古时候人们对待流浪艺人那样。孩子们看重那些人类在任何时代都会尊崇的品性：孔武有力、蔑视他人、沉默少言、抱团结伙，还有无论对什么都保持自由，也就是有个性。自尊也得到认可，但高于一切的是简单粗蛮的体力。

我能维持我的声望,全靠这个本领——每当深夜的灯火熄灭,我就会在卧室里讲起可怕的鬼故事!

我现在还记得,九岁时的一个夜晚,在一所我喜欢的保育院里,我一直讲啊讲,讲到大家都睡着了,我自己却变得清醒,突然陷入一阵可怕的恐慌之中,平生第一次意识到,有一天我也会死去。于是我在床上翻滚起来,大声骂人,高喊:"我不想死,我不想死!不!想!死!我想活!啊啊啊!"所有人都醒了,开了灯,几个大人跑进来,抓住我的两条胳膊。我挣脱开,狂喊乱叫,撕心裂肺。

有一次,我已经看见了死亡——从古比雪夫的阳台上。阳台正下方停着一辆卡车,车厢里不知为什么,在几只天蓝色的靠垫上,躺着一个死去的小女孩,穿得像个布娃娃。我后来号啕了一整夜。

第二次我非常哀恸、不能自已、止不住地哭泣——不过没那么大声——是在一九四九年秋天从夏令营回来的时候。妈妈一见面就告诉我,阿公在一年前去世了。

阿公于一九四八年突然去世,那时距离他的孩子莲娜奇卡和热尼亚遭到致命判决(所谓的剥夺十年通信权)已满十年。他专门去了有关部门好几次,头发苍白,胡子像雪一样(小孩子们总是把他认成严寒爷爷，围着他笑)。他写了几次申请书，他的依据是十年已过。他问，我的孩子们在哪儿？每次去有关部门之前他都要道别。他写好了一系列寄给领袖的信，在信里指责有关部门的长官阿瓦库莫夫的"傲慢怠惰的老爷作风"。后来他提着个小桶去高尔基大街买牛奶，在民族饭店对面的街角，信号灯旁，他站在人群中，几辆汽车正好开过去，他直接被一辆运面包的厢式货车重重地撞倒，卷进车轮底下。(司机是一个女的，她在法庭上几次说，这老头从人群中自己驼着背直扑到车轮底下。)笔录中写着，他喝得醉醺醺的。这都是那群言辞乏的机关官员臆想出来的。阿公从来不喝酒。

我尽自己所能送别阿公，低声地哭诉，几乎没流眼泪，就像在完成一场重要的仪式。我站在黑暗的走廊里，为他哭泣。我再也见不到你了。怎么会这样，我再也见不到你了。阿公，我的阿公。

我觉得，他听见了。